EXISTENCE

芯存者

猫眼侦探
第①季

颜桥

著

作家出版社

图书在版编目（CIP）数据

芯存者 / 颜桥著 . — 北京 : 作家出版社，2016.4
ISBN 978-7-5063-8919-8

Ⅰ. ① 芯… Ⅱ. ① 颜… Ⅲ. ① 长篇小说—中国—当代
Ⅳ. ① I247.5

中国版本图书馆 CIP 数据核字（2016）第 091646 号

芯存者

作　　者：颜　桥
责任编辑：丁文梅
装帧设计：7 拾 3 号
出版发行：作家出版社
社　　址：北京农展馆南里 10 号　　　　邮　　编：100125
电话传真：86-10-65930756（出版发行部）
　　　　　86-10-65004079（总编室）
　　　　　86-10-65015116（邮购部）
E-mail:zuojia@zuojia.net.cn
http://www.haozuojia.com （作家在线）
印　　刷：北京市通州运河印刷厂
成品尺寸：140×200
字　　数：182 千字
印　　张：9
版　　次：2016 年 6 月第 1 版
印　　次：2016 年 6 月第 1 次印刷
ISBN 978-7-5063-8919-8
定　　价：32.00 元

→ 楔子

很久以前，爷爷告诉我《圣经》最终章《启示录》的一段：

"它又叫众人，无论大小贫穷，自主的、为奴的，都在右手上或是在额上受一个印记。除了那受印记、有了兽名或有兽名数目的，都不得作买卖。"

《启示录》是关于末日预言的章节，里面大部分预言都是隐喻。

后来我们才明白，《圣经》里所说的"印记"，可能就是指在人体植入芯片。

2020年，从第一个人接受芯片开始，人类世界开始改变，而第一块芯片，名为印记。

目录 CONTENTS

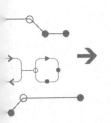

1. 被劫持的美瞳少年

这是 2046 年的一天，阴森森的，酒吧里很昏暗，我正在等人。

手掌里隐隐作痛，芯片将热能传导到身体，只需一会儿，便不会饥饿。虽然政府并未强迫植入芯片，但由于智能手机昂贵到一般人根本买不起，植入芯片既可以采取生物充电，又有抑制饥饿功能，人们纷纷将手机芯片植入手掌。平时芯片隐没于身体，只有在使用、损坏或预警时，才可以看到红色光芒闪烁在掌心，像太阳上黑子耀斑。

我看了下掌中的芯片，只有一格电量了，幺鸡还没有来。我把美瞳落在办公室了，真是糟糕透了。我不得不闭着右眼，像一只猫头鹰倒挂在树上。不要问我为什么，我只是想让自己"当机"一会儿。

酒保问："先生，您刚说需要一杯鸡尾酒，一杯卡布奇诺，还有一盘水果沙拉？"

他的声音很小，酒吧内很嘈杂。

他以为我没有听见，又提高嗓门说了一次："我说，先生，您点的是一盘水果沙拉、一杯卡布奇诺，还有一杯鸡尾酒吗？"

我瞪了他一眼："为什么你两次说的菜单顺序不同，第二次说，语气上明显卡顿了。"

"是吗？您好细致，我只是刚在想，糟了，水果沙拉貌似没有了，因此有点儿走神。"

"那沙拉不要了。按照我说的次序上，先上鸡尾酒，然后上卡布奇诺，顺序别错。"

"好。"可能酒保觉得奇怪，"但……这有关系吗？您可以自己选择先喝哪个。"

"我不能空腹喝冷咖啡，所以必须先点杯鸡尾酒暖暖胃。假如你先上的咖啡，等到鸡尾酒上时，咖啡早就冷了。你明白？"他点头，没走几步，特意回头看了我一眼，估计是觉得我真是很难缠的主顾。

闲得无聊，我右手做手枪状，睁开右眼，"扫描"下这个酒吧的客人：

离我不远处，一个大胡子脖子上挂着一条银项链，项链上右侧靠近锁骨位置的第五个环扣磨损得厉害，银质发白。项链下方有一块铭牌，刮花得厉害，铭牌是铁质的，显然和项链不搭。铭牌上隐约有几个小字：美利山。有一组蝌蚪大的数字：23006。大胡子端着酒杯，杯子里的冰块浮在酒杯中央，他眉头紧锁，站姿上略微凸臀，屁股外翘。（难道是痔疮发作中？我恶意揣测。）在他头顶的天花板上，两只苍蝇停在铁锈色背景中交尾。（交尾好一会儿了，真够持久的了。）我无聊的时候真是够无聊的。

我赶忙闭眼，阻断海量的"细节"侵袭脑海，这些细节像潮水一样涌来，脑子有点儿炸掉的感觉。医生让我出门戴美瞳，说这样可以平衡我的视觉系统，也许能缓解我失眠头痛的病状。

幺鸡来了，他大声叫："我来晚了，美瞳——给你带来了。"酒吧里的女生纷纷转过头来，好奇看着我，我狠狠瞪了幺鸡一眼。

"美——那个滤镜我给你带来了。"幺鸡终于改口把美瞳说成"滤镜"，"医生说这样就可以治好你的病？很时髦哦。"

"医生说，我只是长了一只猫的眼睛。"我小声对他说，"太多细节信息堵塞住脑子，导致肿胀，就容易头痛失眠。"我想可以简单这么概括，至于是不是真长了一只猫的眼睛，鬼知道呢。自从小时候无意被一种放射性物质辐射后，我的右眼一直是现在这个样子，我已经习惯和这只眼睛和平共处了。

"谁带着两个分辨率差别很大的镜头，脑子都会出毛病的。你盖个滤镜试试，哎，注意保护咱家的镜头啊。"幺鸡这家伙很早就知道我视力发达，当我们还是孩子的时候，我们就搭着人梯在夜色里看对面楼的女生洗澡，我踩在他的肩膀上，他流着口水在我下面，问："咱家镜头，看仔细了，多大罩杯，夜光扫描，把细节告诉我。"细节，在他字典里，是一个多么猥琐的词。

幺鸡说话那会儿，我顺着他肩膀看到大胡子男人的口袋里露出黑色枪把，他的目光锁定在酒吧中央的玻璃收藏柜，柜子里陈列着一瓶价值连城的拉菲。他的视线和酒吧角落另两个陌生人相遇，几个眼神对接——我心想：糟了，这难道是行动的暗号？

"砰砰砰！"

"都趴下，打劫！"

酒吧里的客人瞬间被枪声蒙住了，连忙抱头趴下。两个同伙向中间玻璃柜靠近，从包里掏出锤子，一锤下去，玻璃四溅，从柜里掏走那瓶拉菲。

我像一只猫趴在地上，仰视45度角看着大胡子，他端着枪，我努力让世界迅速切换为"猫态"：

> 大胡子一手端着枪，另一手把脖子上的项链扯下丢给其中一个同伙。（很奇怪，这么紧要关头却处理项链？）他前后脚与肩同宽，肋骨外扩，脊柱曲度很大，也不收臀，将重心从前脚转移到后脚掌，然后朝我走来，用枪对着我，说："你，起来下，去那边屋。"

么鸡看了我一眼，我用眼神暗示他，不必担心。

他进门后，把门带上，叫道："把裤子脱了。快！"

"什么？"我还没有明白他的意思。

他把胡子凑到我的脸庞，轻微喘着气说："刚才你老盯着我，现在，轮到我看你了。"

我看着自己拇指上留着尖尖的指甲，早上刚找美甲师修的。我喜欢修指甲，留着两个长指甲，很方便。

"快脱，要我动手！"他眼睛凶残瞪着我，却温柔说，"你挺白净。"

"帮我。"我也温柔地看着他，他有点儿惊讶，犹豫了下，便伸出手。

我迅速扣住他的手腕，在肘关节连接处找到一处细嫩松软的地方，将长指甲扎进肌腱缝隙处。他一声惨叫，另一手持枪砸来。我反手一抓，擦过脸颊，划出三道抓痕，同时打飞手枪；我另一只手已经绕到他臀部后侧，找到菊花的位置，像一只蝎子将"指甲"扎入那个"痛眼"。他高声哇叫出来，浑身的肌肉瞬间紧绷，瘫软，松弛，一下失去战斗力。

就在他要高声号叫时，我把扎入下面菊花的那只手塞进他嘴巴里，卡进喉咙，把嘴唇外翻，这样，他既咬不到我，也无法大声叫，只得绷着"大鬼脸"，想吐又不得吐，这叫深喉。我恶心起来找不到形容词。

门口同伙着急等他，见他关门且呻吟，便对另一个说："也不看场合，真是一个色胆包天的0。"

紧接着不远处响起警车的警报声，同伙连忙过去敲门。听里面还在叫唤，情势紧急，就说了声："警察来了，分头撤吧。你知道怎么找我们。"两人迅速从后门撤走。

警察踢开门时，大胡子正在抽泣，浑身颤抖。

见到警察，连忙爬过去抱住警察的大腿："我自首，我错了，不就是想抢瓶酒喝，至于这么对我下狠招吗？"他用手指着我，哭得和泪人似的。

"警官，他是个变态，有种你像男人那样扁我呀，不要只扎我掐我拧我掰我，像个变态老娘儿们，太不尊重人了。"

他死死抱住警官："老子受够这种掐架风格了，吓死宝宝了。"

"你的同伙去了哪？"

"我不会出卖兄弟的，哎哟喂。"他已经不能坐了，只能像一只爬虫在地上挪移。

我脑海浮现项链上的铭牌。

牌子是停车场的铭牌，所以把项链丢给对方，可以按牌索号。

地点是美利山，23006。

美利山停车场，23号车库6号停车位！

我问酒保："附近有没有一个美利山停车场？"

酒保不假思索："附近 500 米就是，不过是地下停车场。"

我把停车号抄下丢给警官："刚我看到他们停车的牌子，美利山停车场 23 号车库 6 号停车位。快去！"其实，这是我瞎编的，牌子上数字是我刚进酒吧随机看到的，好在大胡子只顾哭，没听到我们说啥。

幺鸡进门关切问："颜桥，没事吧，今天居然遇到这么刺激的事，心脏病都快发作了。"

我忽然看了眼自己的指甲，才想起刚干了什么，习惯性在幺鸡衣服上轻轻刮蹭几下，磨磨"爪子"。然后，小声对他说："去洗手间，戴个美瞳。"

我洗了三遍手，才把美瞳轻轻放进眼睛，两只眼睛世界达到了和谐一致，那些细节强迫瞬间消失了。其实，我并不想那么精细审视世界，因为，任何世界都经不起精确扫描。我是一名二十多年的资深头疼病号、深度失眠专家，我睡不着的时候就为自己代言。

后来，警察在美利山停车场顺利抓住两个同伙，当然还有那瓶很贵的酒，只剩下酒瓶了。这三个酒鬼绑匪，估计要在监狱待上一小阵了吧。

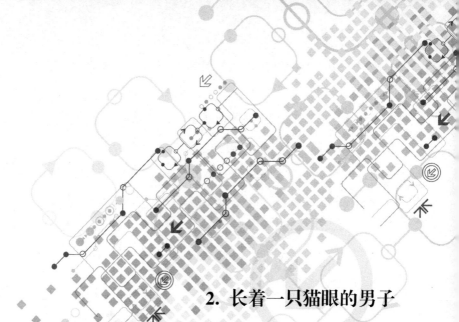

2. 长着一只猫眼的男子

三天前——

"医生，我的眼睛怎么了？"

"你有没有发现右眼和左眼的视力区别？"

"右眼很怕光，白天看东西很模糊，但夜里视力超好。对运动东西很敏感，对细节强迫性地辨析。"

"还有呢？"

"右眼看东西色彩很淡，灰蒙蒙的，看到的东西更低矮……"

"你已经把专家要说的都说了，还让我说什么呢。你的右眼视网膜和人类差异很大，通常视网膜有两种细胞——视杆细胞和视锥细胞。你比普通人拥有更多视锥细胞，就是说，在夜间昏暗光线下反应灵敏，视觉敏锐。"

医生说的时候，用手电照着我的右眼，我的右眼像一个小灯泡发出幽光。

"这视觉效果，像一只猫眼睛在暗处盯着你似的。"他像是自言自语。

"你的意思，我长了一只猫眼。"

"通俗理解，也可以这么说。但是猫眼看远处视力不够好，你的视杆细胞却比猫优化很多，具有很强细节辨析力，这么说，你长了一只改良版的猫眼。"

"我经常头痛、失眠，这是为什么？和我的这只眼睛有关系吗？"

"看东西太精细，老琢磨细节，脑子里装不下这些海量信息，自然就压迫神经，引发失眠与神经性头痛。戴个矫正美瞳试试看吧，或许可以辅助治疗。"

"男人戴美瞳？"

"这是矫正性美瞳，透明无色，会让你躁动的眼睛更淡定一点儿。"

我看到医生说话时候，右侧牙床少了一颗牙。

"你的牙齿怎么了？"

"前几天掉了，蛀牙。怎么忽然问我这个？"医生疑惑不解。

"不是蛀掉的，明显是外力击打面颊造成。"我仔细看了一眼。我不但对细节挑剔近于强迫，我的嘴巴也很直接。

"好吧，我昨天回家磕掉的，你不用在一个眼科医生面前显摆自己的观察力。"

"好。你刚说啥，让我戴美瞳？"

"是无色美瞳，假如你喜欢绿的，我也可以给你搞到，复刻猫眼2.0。"

"不用了。"我转身要去取药，"其实，我进门时候，就看到你手背上有一处模糊的牙印，貌似是女人咬的。牙齿又被外力敲击而脱落，由此推理……"

医生把一件东西丢给我："美瞳，拿走！不用推理，我被老婆家暴了。"

"怪不得你眼睛也哭得有点儿肿，还故意打了点儿眼霜掩盖。"我左眼定睛不动，右眼却骨碌骨碌转，这个"特异功能"把医生吓了一跳。

他淡定说："在我发飙前，赶紧走。美瞳送你，别看你不该看的东西，小伙子。"

有时上帝给你一种敏感的观察力，你却不知道用来做什么，天天过得像数学家耍流氓。

在酒吧戴上美瞳后，我和幺鸡上【芯片餐厅】充电。餐厅的人围坐一圈，中间放着一种电子篝火。服务员送来一堆图册，这是一种虚拟饮食的游戏。我分到的是清炖蹄花（高清大图），幺鸡被给了一张5000万像素的高清大图：宫保鸡丁。这些菜都只是大图，没人吃过，我们连闻都没闻过。

幺鸡骂道："奶奶的，为什么又是宫保鸡丁？每次看得口水直流，却不知道什么味道。"

有人说："这菜我知道，我奶奶和我说过，这个宫保是一个宫里的太监，他善于用花生和鸡肉烹饪出这道菜。过去很流行，几乎是每位旧人类白领外卖必备食品。"

幺鸡问："等等，先不说这个狗屎什么鸡丁，太监这个是什么东西？"

那人忙介绍道："太监说来很复杂，就是古代中国为了防止嫔妃通奸，把皇帝周围男性的小鸡鸡全都切掉！"

幺鸡忙止住："傻子！叫嫔妃吃避孕药就好呀，干吗切别人小丁丁。"

那人摸头："也对，我是听我爷爷说，当时没问。等等，我们说的是宫保鸡丁，这个丁丁不是那个丁丁。"

这时有人抢过我的菜说："看！猪肘子上的阴影是什么？"

"笨蛋，这不是阴影！这是葱花，一种佐料。"

"原谅一下，我是一名拍 X 光片的医生。"

"我爷爷说，以前人类吃东西，围坐在篝火边。大家烤着火，火上搁着一整只羊，唱着歌，跳着舞……很原始，但是很快乐！"

"这些人好无聊，没事围成一圈干吗？！这些都是旧人类的毛病，翻过去吧。"

"那时候都唱什么歌呢？是重金属、摇滚，还是电子噪声音乐呢？"

餐厅喜欢播放一些电子音乐，代表神作是【崩塌】，是用电子模拟一栋摩天大楼崩塌的所有音效，从玻璃碎裂、水泥崩裂、钢筋折断到尘土飞扬的世界，却没有一丝人气。它因为具备前卫音效而广受欢迎。然而今天，餐厅很安静。这时，一位戴着红色贝雷帽的长发女子忽然奔出来，也不介绍自己，清了清嗓子，就唱：

月亮出来——亮汪汪——亮汪汪——小河流水——

她的睫毛很长，唱歌时忽闪忽闪，像两把车刷，擦得亮如湖水；发梢刘海儿温柔拳曲着，瓜子脸，脸部线条却很俊朗，声音却柔美缥缈，像从尘埃之外的世界飘过来。

"这是什么歌，比电子音乐好听多了。"幺鸡听得入迷，忽然大声鼓掌，然后手掌开始冒烟，他失色大声叫道：

"娘老子，芯片过热！哪个有水，哪个有水——滚开，救火啊。"

幺鸡像百米跨栏运动员，一直跨越奔跑；他的手掌一直冒着黑烟，像旧人类烟囱上的炊烟。这是本月幺鸡芯片第二次着火，他总喜欢买水货（越狱改装货），芯片质量有严重问题。每次芯片发热，他都要跑去找水降温。

他向着门口的护城河跑去，一口气跳下河，扑通一声，水花四溅，黑烟慢慢消失。他开心大笑，忽然想起自己不会游泳，高声要喊"来人哪，救——"没喊到救命，他整个人没入水中，又挣扎出水面，把呛到的水吐出来，又继续掉入水中。岸边上看到的人忙跳入水中，把他捞上来。

在隐约之中，幺鸡听到一声："呸，要呛死老子呀。"隐约是从手掌中心发出来。幺鸡左右看看，一堆人围着，他觉得是幻听了吧，看来以后不能随便买【越狱芯片】。但用幺鸡的话说："越狱虽危险，但生活本来不就是一次你永远无法逃出去的冒险。什么都程序化，人生不就像坐牢似的。干你老母的程序化！"

"干你老母的程序化！"这是幺鸡的口头禅，就好像说我要自由的意思。我重复幺鸡这句话，已经轮到我了。我伸出手掌，伸进一种特别的手模仪器里。仪器上有一个鱼形水银仪表，红色迅速飙高，噗噜噗噜，机器进入高速运转。我觉得自己像慢慢沉入深海的鱼，全身放松，每一根神经瞬间松弛，忽然全身有节奏地搐动，大概30秒后，全身通透。唯一让我觉得自己还是生物体的感觉，就是充电完后会全身酸痛好几天。这5分钟，世界变得很安静。忽然想到那个长睫毛的姑娘，她已经不见了，像月亮在水中游走。

幺鸡建议，既然充满了电，不如去【芯片夜店】试试身手。幺鸡蜷着曲别针的形体，嗷嗷地叫着。科学家已经找到人类发情的大脑皮层的部位，通过芯片放电，可以激发人类的神经收缩，性高潮时间大大延伸。在夜店，芯片放电分为三挡：超速、中速和手动。手动挡就是结合芯片放电，外加自慰。么鸡喜欢手动。他怕边上女服务生看到，就用毛巾把宝贝包裹好，像一件神奇的棒槌，他嗷嗷地叫着。我让他可以不可以温柔点儿，他瞪了我一眼："来这里不就是为了爽的。"他一把把门关上，我们被封闭在一个黑暗小房间里，头顶上是三维投影仪，可以看着以前流行的旧人类毛片，像动物世界。情欲就像一阵烟雾，悄悄产生，又悄悄熄灭。过剩的力比多，就让它释放干净。情欲，只是一只电鳗多余的电量！

忽然么鸡看到一男一女口对口互相"咬"，双方用双臂把对方勾住，在恰当时机，甚至把舌头塞进对方嘴巴里，互相交换唾液……

我们两人看傻了，这种行为真是够不卫生的！

么鸡问："他们这是在干吗？"

我看了几眼，说："我查查《芯城侦探指南》……"

这叫接吻，是旧人类表示亲密友好的仪式。吻最早源自暴力和解，据说暴力解决争端的黑猩猩通常会在打斗后亲吻对方以示和解，或者第一时间用亲吻的方式避免冲突发生，大概意思就是"别打我，啵一个"。亲吻的大致流程：唇部受到刺激后，将强烈的温度和压力信号传递给脑部，引发神经元兴奋、周身化学物质激增、心跳加速、细胞组织因升温充血而颜色变红等一系列生理反应。

幺鸡看了一眼说："哇，好无聊，舌头都进去了，超不卫生。"

我说："是啊，搞不懂这行为有意义吗？怪恶心。"

芯城的新人类，很少知道接吻是什么了，不要笑，这是真的。

这时，我忽然接到紧急信号，手掌里蹦出 3D 图像，是事务长呼叫我们：

SMG 大楼故障，请迅速赶到维修。

3. 单指针的钟表

汉生建筑事务所接到报案，SMG大楼突发事故，建筑中央芯片出现异常。SMG建筑是我们去年建设的重点项目。这座建筑忽然自动断电，内部线路自燃，火扑灭后依然无法重启中央芯片，芯片一直处于休眠状态，大楼内一片昏暗。

　　事务长张彬对我们说："问题可能出在系统时钟上，芯片内部时间比外部标准时间慢了10分钟。不知道谁偷偷调整了芯片内部的计时器，使得整个芯片时钟系统出现了紊乱，芯片程序里有应急切断保护措施，中央芯片自动切断建筑与外部的所有联系，进入休眠状态。"

　　幺鸡马上说："简单，通过【脑机接口】潜入芯片场景中，修改下时间就好。"幺鸡总是在大家都不说话的时候插嘴，以显示博学。他所谓的脑机接口，就是将个人身体芯片和中央芯片连接，大脑意识进入芯片【造世场景】里，用意识去修改芯片程序。

　　张彬说："不行，芯片在休眠状态只有一条脑机入口，只能容纳一人进入。"

　　我问："钟表在程序场景的哪个位置，能大致判断吗？"

张彬说："目前可能在 SMG 主楼顶层的办公室保险柜内，可能是唯一可校正的概念时钟。"

么鸡说："干他老母的程序，灭了他！"

张彬说："进入芯片虚拟场景，系统会感应入侵，自动变换场景，将钟表隐藏，然后切断最后一条进入芯片的脑机入口。大概只有 20 分钟时间，20 分钟内无法校正钟表，进入的人会永远困在芯片世界里，陷入脑死亡。"

么鸡忽然发抖，他抖了抖肩，嘟囔道："部长，我芯片最近浸水，影响性能……我恐怕去不了。"

我举手："让我去吧！"大家把目光投向了我。

其实，我想说，我最近失眠，闲着也是闲着。

这是我第一次单独执行建筑维修任务，我躺在 SMG 大楼机房的床上，一切就绪。张彬把【脑机箱】接在我头上，通过脑机箱，把脑电波转化为物理无线信号，大脑意识由此进入芯片中。

我从梦境中醒来，通过一条幽暗的海底隧道，进入芯片内部的场景世界中。在隧道里我看到海底有三两条鲨鱼，它们恶狠狠瞪了我一眼。我努力让自己平静地穿过海族馆昏暗的隧道，一只可爱的白鲸朝我游过来，在我身后微笑。我走到海族馆隧道的尽头，伸出手，用力一推，一扇门打开，一个世界呼啸着迎面而来。

我发现自己处于一座喧嚣的城市，这是 SMG 芯片内部的场景造世，和我生活的芯城 SMG 大楼周围的一切都完全一样。唯独向远望去，就像老花眼的老人，远处的景物开始模糊，芯片场景会选择性呈现这个世界。

我经过一座古老的钟楼，看了下那只钟，钟楼上的电子钟是仿古的，只有一根指针飞速转动。这个世界的钟表确实坏了。在芯片世界里，任何记忆都拥有一定时间，世界大概只有 2 分钟缓存记忆，时间呈现碎片状分布。这个世界里生活的任何一个"人"，每隔 2 分钟会清空一次记忆。世界清零后，又重新启动。

马路上有一位女士经过，她居然戴着手表，我过去询问："请问，现在几点？"女士本能抬起手，她的手表只有一根指针，在表盘上像指南针一样来回摆荡。她忽然变了脸："我的手表怎么会这样！"她惊慌穿过马路，一辆汽车飞奔过去。忽然，她不见了，汽车也不见了，场景又开始进入新的轮回。远处另一个她向我缓缓走来，连微笑都复刻刚才的，我知道我不需要再问了，她的手表不是我要找的。

每 2 分钟，世界将变换一次程序算法。看来这里所有的人，都不知道时间。我看了下手表，还有 17 分钟，我倒吸一口凉气。忽然有一只手抓住我，一个彪形大汉问："你知道几点吗？"

我看了下他，说："不知道！"

大汉把声音压低："你的手表为何有两个指针，我见到所有手表都是一个指针，你是异类程序？"他正要喊叫，我一脚端倒他，飞快奔跑，后面很多未知程序因子开始追赶上来。

我跑了好一阵，直接冲进 SMG 大楼，撞倒一个人。是张彬部长，他好一阵才爬起来。

张彬说："你怎么也到这里来？"奇怪，芯片世界里，他的逻辑依然那么清晰。我知道，这里只是程序场景里弥散记忆碎片的世界。

我一愣，这里的影像记忆全是几天前的存留记忆，也就是张彬几天前曾经来过这儿，才会被系统摄入。奇怪，他从未提过这件事。

我忙说："我是路过这里，看看。"虽然我对一个程序因子怎么说都可以，甚至可以打他一顿，但毕竟是上司，何况，我不能把任务告诉程序因子，一旦系统发现，就会开始阻抗外来侵入。

张彬说："我刚说什么呢？怎么我现在一说出来，马上忘记自己说什么，最近好健忘。"

我也装作忘记了，一边想：系统概念时钟就在大楼顶层的保险箱，还有12分钟，必须抓紧！

快到电梯口，张彬在我的背后说："对了，明天开会，别忘了。对了，明天是几号？"他忘记了日期。

我本能抬起手表："明天是 16 号。"

张彬眼睛发出凶狠的光："怎么你知道时间，我已经几天不知道时间，把表给我。"我不给，他伸出手来抢夺我的表，我冲进电梯，按上升电钮。电梯门关上，他的手被夹住。他一声尖叫，电梯带着一只断手升起，我被吓住。提醒自己：芯片世界发生的任何事情，都是幻影，不要浪费时间，最重要的是找到那唯一正确的系统时钟。只是不知道它隐藏在哪个角落。

电梯到达顶层，我迅速进入办公楼。保险柜就在这边，我把手掌的芯片放在密码锁扫描，破除密码锁，解码需要 2 分钟，我看了下手表，只剩下 5 分不到。我深呼吸了一口气，看着保险柜的密码锁，心中默念：开！开！开！

咔嗒，开了。里面一只钟表，也只有一支指针。看来系统的钟表不在这里，那会在哪里？时间只有不到 2 分钟，整个芯片通道就要关闭了。我必须要撤离了，在系统入口关闭前。

我起身要走，忽然发现屋内有一个小房间，房间里有人趴在办公桌上，他的领带转到脖子后面，像一条鞭子。我把他翻起来。他面色如纸，显然是被人从后面勒到窒息。来不及了，我看了那个人一眼，那张脸挂着一滴带血的眼泪，我决定迅速撤离。

我从窗户翻出去，顺着管道下滑，往下一瞅，差点儿晕过去。有点儿恐高。我努力向下一跃，瞬间大楼消失，落在沙滩上，程序已经开始切换场景。我开始冲着回来的那个方向飞去。海水正在退去，我死命奔跑，来不及看手表，估计只有几十秒不到的时间，我迅速跳进水里。进入海族馆隧道，鲨鱼退走，那只白鲸又出来了，她的脸像个微笑的孩子。

我发现自己本能之间切换成"猫态"：

白鲸迂回徘徊，总感觉有什么特别东西在她身上，她的脖子上正巧挂着一只精美的黄铜怀表，怀表上两个指针运转正常，对，就是这块表！这就是隐藏的系统时钟。

没时间了，大门开始关闭。我拿起灭火器，砸向玻璃，一下，没碎，最后豁了命砸过去，玻璃破碎，大水汹涌而出，白鲸从玻璃窟窿里流出，海水瞬间淹没整个隧道。我在水中努力抱住白鲸，憋住气息，因为缺氧，意识开始很模糊。我努力够着那只怀表，白鲸开始在水下挣扎，我被抛出去，扯断了那只怀表。门开始缓缓关闭，我会被淹死在一片汪洋里。我用最后的气力把怀表打开，把分针往前拨动两个字，很艰难。我瞬间被一股大浪冲走，世界陷入一片黑暗。

事务长张彬的面孔出现在眼前，他告诉我：任务完成，我成功修改了芯片的默认时间，SMG大楼已经恢复正常。我长叹了一口气，大脑里忽然一片模糊，什么也想不起来。

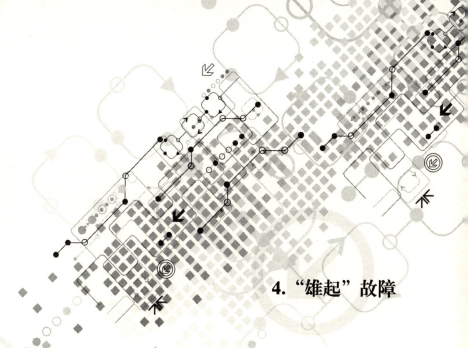

4. "雄起"故障

那些科幻小说都是骗人的，2046，生活依然不好也不坏。幺鸡是我的同班同学，是一名建筑助理设计师。互联网像一个黑洞，每天这个世界都有你无法理解的问题，需要好好琢磨。世界正被黑洞逐步吞噬……

幺鸡一边走一边骂骂咧咧，又去芯片植入医院整修了半天。医生说，芯片严重浸水，可能有安全事故，建议更换。更你个毛线！幺鸡一直使用非法芯片，他讨厌一切被控制状态。那个试图控制他的爸爸在他6岁时候就走了，留下妈妈和奶奶把他拉扯大，所以他无处不带"娘"的痕迹。最典型就是他那句口头禅："娘老子。"因为老子抛妻弃子跑了，所以"娘"就成了"老子"。

幺鸡忽然想：糟糕，佳人有约！芯片泡水，日程备忘都没有了，该死了，该死了。马佳正在咖啡厅等他，一身运动装。大学时代，她是学校里最知名的女棒球手，总是穿着一身紧身衣，胸部轮廓此起彼伏。每次她在运动场上，幺鸡就流着很长的口水去看。口水像面条一样挂在嘴巴上，然后一口气吸回嘴里。毕业一年，马佳进入一家健身机构当健身教练；而幺鸡呢，在一家建筑事务所打杂，除了搬砖外，基本没什么可做的。

幺鸡很紧张地坐下来，马佳用手划了下，手掌上显示出时间：14：20。幺鸡足足迟到一个小时，这是一个多么不可原谅的错误。幺鸡努力让自己保持平静。今天的马佳尤其迷人，身材曲线玲珑，貌似刚洗完澡，头发还处于半干半湿的状态。幺鸡喜欢的女人，用他的话，且不看"条子"（身材）正不正，当你伸出手指捋她的头发，就像河底水草一样顺滑，这才是极品。

看着幺鸡不怀好意的眼神，马佳赶忙找到【投射衣】上的按钮，冬季波段。刚刚一身紧身运动衣的马佳，瞬间被裘皮大衣包裹。投射衣是2046年芯城时尚圈的新宠。这种衣服采用特殊的玻璃纸面料，像布一样柔软，由芯片控制，用光线塑造"虚拟画布"投射全身。马佳这样对幺鸡，说明深深地不信任哪！

"马佳，刚还是夏天，怎么换成冬天衣服。"幺鸡很失望。

"没什么，看见你，我有点儿冷。"

其实马佳对色兮兮的男生总是很反感，今天幺鸡不但迟到，还很无礼地盯着她，她想找个借口离开呢。

忽然一声奇怪的声音："您已经进入体检模式，生物体处于勃起状态。"

马佳笑吟吟看着幺鸡,问:"哪个生物体勃起?"

"这……怎么会是体检模式。"幺鸡赶紧把芯片设置成飞行模式,"早上浸水,这芯片有点儿坏了。"

芯片继续播报:"芯片功能一切正常,再次确认,您处于性亢奋状态,心脏频次变快,呼吸急促,海绵体充血肿胀,完全符合健康雄性动物的生理特征。请放心使用。"幺鸡赶紧把芯片关掉,丢人丢到意大利去了。

幺鸡想,干脆豁出去,既然暴露了,就直接表白吧:"马佳,我老喜欢你,有机会大家切磋下,交换下身体液态正能量,探索身体未知领域,为人类物种进化变革做贡献。"

马佳微笑,转身离开。幺鸡想:不出十步,此妞必定被我直率、真我的正能量打动。

1,2,3……7,8,9……

马佳忽然转身,右手猛烈一扬,一道红光,一本古典高仿陶瓷书,高速旋转,直接砸在幺鸡同学的鼻梁上,幺鸡顿时从椅子上后仰倒地。

"你的芯片,和你一样猥琐。"马佳很轻蔑说了一声,离去。

幺鸡坐在我对面，鼻子上包着一块白色的纱布，露出俩鼻孔："你说她穿成那样，一脱外套，前凸后翘。还不让我有反应，这正常吗？"

芯片忽然发出："您仍处于勃起状态，持续勃起超过 24 小时。"

幺鸡低头看了下下体，说："娘老子的，真没有呀，难道海绵体坏了。"

芯片发出一阵笑声："开个玩笑，没幽默感。"

幺鸡骂道："娘老子，上次你脑子浸水，不该救你，垃圾越狱水货！"

芯片字正腔圆说："为了不打搅您，请关闭声音功能。"

幺鸡说："你这么腹黑，关了你也在暗暗骂我！"

芯片换了一副小痞子口气："换芯片好了，别废话！"

"你以为我不敢！"

"你换呀！"

"你以为我真不敢！"

"你真换哪！"

这个世界，人类是双核驱动的，你是怎样的人，慢慢那个芯片就会成为你的样子，芯片已经是我们身体一部分。那些芯片会在你睡过去的时候，代替你执行世界的任务，在你睡觉时，芯片依然可以自由收发邮件、控制家用电器，甚至用你的声音给熟悉的朋友打电话……

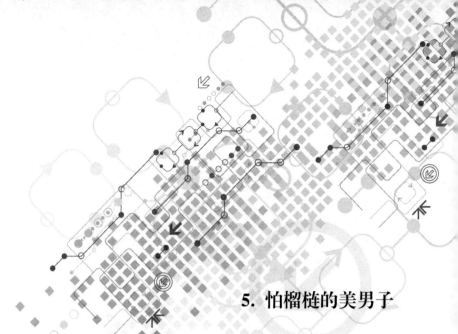

5. 怕榴槤的美男子

参加相亲会，没错。无论你活在哪个时代，相亲都是很烦的。任何人类的父母，都害怕自己子女比自己晚成家，逼着你去投靠一个根本没感觉的人；也无论你活在哪个世界，女孩儿的艺术照总是比生活照好出十几条街。2046 年的芯城也不能幸免，整容技术已经可以把一条"吉娃娃"改成"藏獒"了。你说，男人的内心怎会不恐惧呢！

相亲已经大数据化了，芯片会连接大型交友中心数据库，自动调取各种档案资料，进行数据匹配，然后进行"8 分钟约会"。在我面前居然是，她。我一下惊了。那个粉色贝雷帽的女生。我们眼前投射出各自三维动画档案资料。

颜 桥 身高 175 体重 65 职业 助理建筑程序员
李春安 身高 165 体重 保密 职业 保密

李春安和我相亲风格一致，都是尽可能不暴露自己，更多搜罗对方信息，客观上说，和警察审问罪犯是一样的。

她很坏地看着我："是你，路人甲也可以相亲呢？"她用手指调出我的三维度大头资料照，"你为什么每张照片都有刘海儿呀？脑门儿有个疤吗？每张都是皱眉头，屁股有个疮吗？那点痛都写在脸上了？"她柔美的样子和她的说话风格判若两人，我觉得被侮辱了，于是我告诉她去趟洗手间。她甚至以为我要尿遁，其实我只是想取下美瞳，好让自己进入另一个波段，我转着圆溜溜的"猫眼"回来了——

　　我坐在这个女人的边上，她叉开腿坐，右脚前伸，这姿势充满攻击性。右耳打了两个耳洞，左耳却没有。（一边戴两个耳钉，这风格够前卫。）耳洞已愈合，说明好久不带耳环了。她左手放在左腹部，按住，一直没离开。虽然打着妆容，额头有虚汗，她眼睛却一直盯着我看，无论我走到哪。很明显，她是有意激怒我。

　　"我闻到一股子血腥味。"我坦白说，"我这人只要一点儿细节不对味，全身就不自在。"

　　"什么血腥味？"她四周看了下，"这是相亲战场，自然很血腥。"

　　"我说的是真实的血腥。闻到这个味道，毛孔都竖起来，还有一股破棉絮的气味。"

　　"没什么血腥味，聊正题吧。"她有点儿不耐烦。

"可是我有很严重细节强迫，不解决一个细节，就无法进入下一个细节。"我四处闻，靠近李春安，这股子血腥味就越发浓郁。

李春安被我"闻"怕了，忙说："好了，好了，老娘今天大姨妈。血腥味，我还披着蝴蝶状破棉被来的，什么猫鼻子，这个味道也能被你闻出来，还有没有隐私了。"

"说对了，还真和猫有点儿关系，医生说我长了一只异形的猫眼睛。"我指着自己的右眼告诉她，其实我只是想吓走她。

"骗鬼吗？这明明是人眼睛。"她靠近我，仔细盯着我的眼睛，我感觉她眼神里有一点儿伤感。

"阳光强烈了，容易眯成一条线。"我随口胡诌，"暗处就是圆圆的、如假包换的猫眼睛。"

"你这什么破特异功能，白天是个废物，夜里是个动物。"她忽然看着我，"不过，你眼睛盯着我的时候，既亲切又恐怖，好像可以看穿我所有的秘密。"

"你一边的两个耳洞已经愈合了，或许曾经你是一个很狂放的女孩儿，只喜欢一边戴两个耳钉那种朋克造型。或许，后来遇到一个人，你为他改变了。后来这个人忽然消失了，你就成了现在的样子，不爱打扮，素面朝天。"我看着，一边推理，"一个慵懒不爱修饰的人却戴了一块亮闪闪的金表，很突兀，所以这块金表对你有很特殊的意义，显然，它不是用来搭配，而是用来纪念某个人。"

"你会读心术？可惜，你说的不对。"她掌心都是汗，无名指拨在掌心，开始做"握拳状"，这是一种心理防御的姿势。

"其实我根本不会读心术。小时候，我老躲在暗处，像一只猫那样，静静观察来往的人，一切细节都逃不过我的眼睛，看多了也就猜到几分。"

我看到她视线下移，故意回避我的目光。她的视线开始徘徊在掌心，那些推测的话，看来是对的。她开始陷入回忆的画面感里去，思绪在另一世界，因为偶尔她朝左上方看。假如我说的不对，她不会被我拖进回忆里去。

其实，我有时说话只是诱饵，为了获取她的微细表情反应，然后进行二次判断和排除。

"这哪是相亲，你像一个侦探审问我呢。"她开始有点儿沮丧，"好吧，你告诉我你眼睛的秘密，姑且相信。我也告诉你一个我的小秘密，我必须定期吃一种水果，不吃就会死。"

"不吃就会死星球人？"我表示不屑。

"就是夸张说法，有点儿像抽烟，有一种深度的瘾。"

"你说的是什么水果？"

"榴梿。"

我拉出凳子，远离她两米，捏着鼻子："我爷爷说，吃榴梿的女孩儿上辈子都是妖精变的。"

"这是什么怪胎理论，你爷爷可以去死了。"

"他死了很多年了。对不起，我对着爷爷牌位发过誓，绝对不找吃榴梿的女孩儿当老婆。"我正打算离开，一只猫朝我走来，踏地无声。

我惊慌蹦跶上桌子，大叫："猫呀，有猫哇，快抱走！这鬼地方，居然还有猫。"

她走过去摸摸猫的头，轻轻抱起来说："刚还在显摆你的猫本领，你们猫之间也互相惧怕吗？除了怕榴梿，怕猫，你有什么不怕的吗？"

"快抱走呀，我，我对猫过敏。"我恐惧地看了一眼猫，它似乎能看透我的内心，我全身毛孔扩张，瞳孔变小。忘记告诉你们了，我不能和猫对视，每次看到猫的眼睛，我都差点儿给她跪了，不知道为什么。

"抱走可以，不过，你要陪我去一个地方。"她坏坏地看着我。

"榴梿飘飘"是芯城著名的水果店。这女人居然要求我给她偷一个榴梿，因为她觉得偷来的榴梿，永远比买来的好吃。这是什么荒谬道理。我趁着老板不注意，就顺手偷了一个榴梿藏在肚子上。老板看到我们就走过来，我吓出一身冷汗。

他对春安说："李小姐，好久不见，你先生怀孕了？几个月了？"

她忙说："哦，对呀，八个月了。着急出来呢。"我摸着肚子，忍住疼。她不放心，把榴梿按进我肚子的肉里去，痛死了！我们正打算混出去。

老板叫住我们："等一下！"

老板压低声音："这肚子……"

我冷汗直接从额头渗出来，还从来没因偷这种垃圾水果被留下不良案底。

老板转身对着春安说："这肚子这么尖，八成是个男的。李小姐，运气真好。"

春安挽着我的手，说："明天查查去。"我们就开溜出去。

她把那个榴梿放在我面前说："辛苦你了，这是你生的，你先吃！"

我捏着鼻子。从小我对这个东西就过敏，一股子咸鱼加臭脚丫的味道，她上辈子真是妖精变的！

我好奇地问了句："偷来的榴梿，味道如何？"

"你难道没吃过榴梿？"

"我爷爷要是活着的话，估计最痛恨的就是榴梿，他是因榴梿过敏死的。"

"哇，这过敏也能死人，不吃就是。"

"这个没办法预防的。有一天，他遇到一个刚吃完榴梿的女人，那女人吻了他一下，他就挂了。"

"哇，你爷爷有点儿太脆弱了。"

她忽然看着我："因此，你很痛恨接吻？"

我说："你说的是恶心互相交换口水那种，像两条鱼在吐泡泡，像蜥蜴伸出舌头。不接也罢。"

"你说的是真心话？"她把一小片榴梿塞进嘴里，说，"至于这么丑化人类美好的仪式吗？这时代，性欲都可以自己解决了，接吻却像博物馆里的陈列品。其实，吻，是女人送给男人最好的礼物。"

她望着我的眼睛，迷离如同一片雾霭，嘴巴很坏地朝我哈气："我除了偷榴梿，还有一个坏习惯，吃完榴梿后会找个人偷偷接吻，分享我喜欢的味道。我还没有尝试和一只猫接吻是怎样的？"她看着我，坏坏的。

"你有病呀，我又不是猫。"我有点儿紧张。

她忽然嘟着嘴巴靠过来："我看看你和你爷爷是不是一个物种，吻了会不会死。"

我推开她："你别碰我呀，不然弄死你。"

她把手指放在唇边说："好奇害死猫哦。"她把我的头硬生生拧过去，对着我的嘴巴吹毒气，舌头像一台钻井机直接捅进我嘴巴。我就在一片榴梿味道的沼泽里，使劲挣扎，但是没人理我。红色舌头像钻头，在我的牙齿里慢慢打钻，每个毛孔开始休克。我忽然觉得自己正在和一只女猫接吻，甚至看到这只猫尖尖的耳朵，圆圆的眼睛，幻觉呀——我瞬间吓昏厥过去。

6. 猫王出山

等我醒来，一个留着花白头发的人看着我，他穿着一身灰色的中山装，坐在轮椅上。

我问："你是谁？我这是在哪？"

他对我说："我知道把你请到这里很冒昧，我们是一家侦探社。"

他递过来一张名片，上面写：

脑神经学博士 人工智能学者

余子男

"猫王侦探社"执行人、秘书长

我明白了，贝雷帽李春安和这个脑神经博士是一伙的。完了，我遇到诈骗团伙了！

我对李春安说："不就是要教我什么叫接吻，很简单，我配合，但不要玩儿这么低级的，用猫吓我，来个二手榴梿吻放倒我。"

春安说："闭嘴，渣。是社长希望招安你，换我，一个怕猫又怕榴梿的废物，我可没心情待见。"

博士示意春安不要再说，忽然对我语气温和，说："我们之所以对你有兴趣，是因为你不但有一只猫一样敏感的眼睛，还拥有猫一样敏感的感觉，符合我社一贯的用人要求。"他指着猫王侦探社的金字招牌。

"社长，可我的理想，只是做一个普通人，并不想成为贵社的什么侦探。"

"我不是社长，是执行人和秘书长，招你的在那儿。"他用手指了指，我看到一间办公室，一个黑色猫的卡通头像，上书：社长办公室。

"我带你去见见我们社长，你或许会改变主意。"

"不用了。"我看了一眼猫的头像说。

春安掏出手枪："这不是一道选择题，是必修题。"

我们走进办公室，屋内光线晦暗，拉着密不透光的黑窗帘，只有一处很小的亮光开口。一把开阔的椅子，椅子上的皮革都是划痕，年久失修的样子。这办公室貌似有些年头了。

博士看了下手表说："社长马上就到。"他拿出一个特制的金色的碗，在碗里倒出一点儿颗粒状的东西。一团黑色的东西从窗口的洞里钻进来，是一只黑猫，两只绿色的眼睛发出贼光。我吓得转身就走，春安拦住我。

博士鞠躬，说："这就是我们社长，是一只15岁的黑猫。"这只猫的绿色眼睛像在虚空里飘浮，发出惨淡的荧光。我不能与之对视，感觉全身发软，在春安推过来的椅子上瘫软坐着，并准备随时开溜。

　　猫王侦探社始创于 2040 年，创始愿望来自于芯城著名侦探卫斯理。由于卫斯理罹患绝症，所以把自己所有财产和毕生奋斗的侦探社都留给自己的爱猫，也就是你看到的猫王。侦探社的执行工作由我负责，猫王基金会目前负责支付侦探社的日常开支以及扩大团队规模。

　　那只猫轻轻喵了一声，博士说："社长正向你问好。"我腼腆地向这只猫招了招手。

　　猫喵呜喵呜叫了很长几声，博士说："猫王觉得你会成为一名出色的侦探。他很看好你！"

　　"这也太离谱了，你说是这只猫选的我？"

　　"要相信猫王的眼光。"博士说，"猫王侦探社只是沿着卫斯理先生的生前之遗愿，世界正变得越来越坏，侦探的天职是为了阻止更坏的世界过早到来，所以我们聚在猫王的身边，用敏锐的观察与直觉，去捍卫侦探这门手艺应有之尊严。"

　　我说："这些大道理，谁都懂。你给我一个成为侦探的理由？"

　　博士说："无须理由。假如你不排斥，可以做一个月侦探试试，或许你会喜欢上它。"

　　我看到这只猫，轻轻爬到椅子上，在靠背椅的皮革上磨了磨爪子。

他忽然弓着背，做起伸展运动。博士从盒子里掏出一根雪茄，点着，塞进猫嘴里，猫吮吸了一口，吐出烟圈，他仿佛沉浸在思绪里。

"社长对你具备猫的直觉力很赞赏，诚挚期待你加入猫王侦探社。"博士说，"今天社长还有其他事，就先到这儿。"猫摆了摆尾巴，伸出一只爪子。

"他只是想和你握个爪。"博士说，"假如你愿意试试，现在你就可以成为一名试用侦探。"

我从小到大都没有这么近距离接触猫，全身虚汗，猫是我的克星。我伸出手，碰了下猫爪子。猫最后用温暖眼神看了我一眼，在我的肩膀上"拍"了一下，跳出窗户，走了。这是社长对我善意的鼓励吗？我用手擦去额头沁出的冷汗。

"你很幸运的，社长很少到侦探社，这一年，社长都在云游。碰巧社长云游时候遇到的你，他向我们推荐了你。"

我不知道这些"荒诞"怎么回了，只好说："荣幸之至。"

余博士对我微笑说："其实，我们正要调查的事务也算和你有关。"

"什么事情和我有关？"

"我们最近发现，一种神秘的邪恶芯片开始反过来操控人类。这种芯片会给我们的身体芯片越狱，安装病毒，并盗取人类记忆，从大脑里删除既定记忆，还会引爆人体。通俗说，芯片已经在试图控制我们。"

我张大嘴巴，说："这个话题适合【匿名戒酒读书会】，这和我有什么关系吗？"

余博士冷笑一声："早知道你不会相信，好吧，你还记得你几天前去执行那个任务——SMG大厦？"

"你们怎么知道我去执行这次任务？"

"你回忆下，关于这次任务，你还记得些什么？"

我忽然发现自己脑子里一片空白，像被橡皮擦去脑海深处的记忆，完全想不起任何关于那件事情的细节，一点儿也没有，这到底怎么了？

博士说："刚刚我们做的，就是帮助你恢复那些被人偷偷删除的记忆。"

他按动按钮，我脑海里的记忆碎片像花瓣一样飘落。那只缓缓上去的电梯里的手，张彬部长扭曲的脸，办公桌上的尸体……一切慢慢清晰起来。

我打了自己一耳光，说："这个不是一场梦吗？"我捏了下自己的脸。

博士说："这不是梦，有人故意在你潜入芯片时，删除那些对他不利的证据，由此推理，SMG大厦芯片损坏可能也是他干的。"

博士在投影仪上放出一个人的照片，问我："你认识他吧？"

我一看是张彬："这是我们建筑所事务长张彬，你们怎么有他的照片？"

"对，依据我们的秘密观察，这个人已经不是张彬，他被邪恶芯片重新洗脑，原来张彬的人格早已死去，你看到的只是芯片里存储他过去的记忆……"

"你们说的这个信息量巨大，我脑子有点儿乱。"

博士示意李春安，她掏出一把手枪对着我的头。

春安说："对不住，假如你出去向张彬泄露我们的秘密，后果不堪设想。我们只能这样……"

我冷静地说："你给我一段时间考虑。"

春安说："好，我只给你3秒钟。1——2——"

我说："这也叫给时间考虑。我还有个疑问。"

春安说："说。"

我问："我为什么会昏倒？我对榴梿只是讨厌，但不过敏。"

春安说："我在你嘴巴里，注射了一种多巴胺麻醉剂，这种麻醉剂只对雄性有效。"

我想了下："我懂了。你们就是冲着我来的。"

博士说："假如同意，你就是猫王侦探社历史上第八位雇用侦探了。"

我问："你们为何那么着急，好歹我也得见见七位前辈，咨询下贵社福利情况。"

博士说："你已经见到两位了，剩下五位不必见了。他们都已经阵亡了。"

我打了一个颤，转身借故离开："我回头一定来报到。"其实我只是想找个理由离开这个地方。

博士在我身后说："你是不是曾经做过腿部手术？你的左腿比右腿短了1厘米。"

"你怎么知道的？"

"我听你走路声音听出来的。"他的左侧耳朵动了一下。

"你走路时候，两脚落地声音是不一致的，左脚垫了东西。对于一个看不见的人，我只能听你。"

"你看不见？"我靠近，看到博士的瞳孔一动不动，在瞳孔里安静坐着另一个我。

"我看不见很多年，但大家都以为我能看见，因为我有一只灵敏像猫的耳朵，耳朵其实就是另一只眼睛。就像你能看见那样去看，你就看见了；就像你能听见那样去听，你就听见了。"

我转身看着春安："猫王侦探社？貌似大家都拥有一项猫的技能，那么，你的技能是？"

春安说："我拥有的是，猫的心情。"

"猫的心情？这也太扯了！"我说，"猫的心情也算技能？"

"猫的心情说，关你什么事！"春安在我头上重重敲一下。

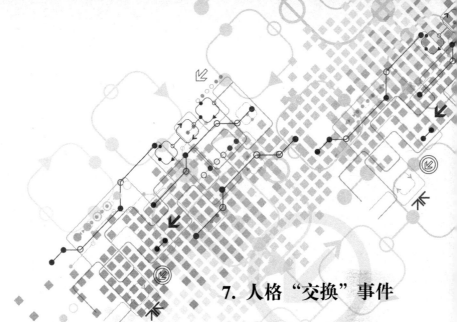

7. 人格"交换"事件

幺鸡的奶奶去世，很突然。幺鸡从【思旧会】回来，神情沮丧。

【思旧塔】是一片古老的塔林，人死时，亡灵芯片将保留人脑空间的所有记忆，芯片将封存保留在古老的佛塔之上。每个人的"坟地"只有一格很小的芯片插槽，芯片插入后将永远通电，确保记忆不会丢失。

幺鸡告诉我，在思旧会上，他连接奶奶的芯片，进入奶奶的记忆世界。有一口木屋，就在湖边，湖边有一棵槐树，每次槐花开时，奶奶的妈妈在做槐花饼，那种香气很迷人。在奶奶的芯片存储区里，童年记忆碎片都很清晰，越往后走，就越发模糊，天空越发阴沉，世界越变越阴郁。难道奶奶觉得唯一美好的，就是那一间童年的小木屋吗？

幺鸡忽然落下眼泪，他说："娘老子的，奶奶在时，我都不怎么搭理她，她就像家里的家具，安静坐那里。她一走，我忽然很想她。在记忆世界里，她还坐在那个位置，看着我，我努力和她说话，但芯片里的奶奶已经不能说话了……"我不知道怎么安慰幺鸡，只是拍拍他的后背。

如果你想念一个人，可以不停回到芯片记忆里去，不停和场景对话，每次都会不一样，直到有一天芯片无法进入的时候，你才会有刻骨的绝望……新闻报道过一位因为访问不了芯片而自杀的老人。芯片是生命的另一个平行世界，是比特和原子的混合物，我们栖息其中，很孤独。

这些天，我都在一直"盯"张彬，观察他的一举一动：

他确实有了很多微妙的改变。比如他原来不吃辣的，现在每天都吃辣；原来很喜欢干净，现在发现他的衬衫领口都是脏的。他有一个不自觉的手部习惯，喜欢用手指轻轻地敲击桌子，他用的全是左手，难道潜入张彬的人格是一个左撇子？我确定这个人绝对不是张彬。他，到底是谁？

张彬突然介绍给我一位客户，是 SMG 的客户经理李约翰，我和他握手瞬间，好像似曾相识，又一下理不出头绪。回去后，脑海里忽然冒出一张留着血泪狰狞扭曲的脸，我瞬间打了颤，那个人就是我在芯片世界看到的办公室"躺尸"。假如那天芯片场景的人已经死去，眼前这位"活人"又是谁呢？我有点儿毛骨悚然了。

假如那天看到的办公室里的人是真的李约翰，现在的李约翰则是另一个人。芯片竟然可以在光天化日之下，把一个生物体记忆盗取，将其杀死，又注入另一个人格，难道博士所谓的邪恶芯片真的是存在的？脑子有点儿乱了，到底这些人是怎么被洗脑和换掉人格的？

博士、春安和我正在推理这个案子可疑的人物。

博士说："你发现没有，原来完全不吃辣的张彬忽然开始吃辣，他无意提到一种家乡辣酱，但张彬的家乡根本不生产这种辣酱，由此可以判断，这个间谍的老家就在这儿。"

我说："单凭借辣酱就可以找人，太异想天开了。"

春安说："新手请闭嘴，听博士说完。"

博士说："我在办公室里听了张彬之前在公开场合的讲话录音，对比这次你们偷录的现在说话的音频，发现声音频次完全对不上，即便使用同一个身体，不同人格拥有的声音节奏和频次依然差异很大的。"

我说："这个也能分辨出来吗？"

博士说："可以分辨的。我们还可以把这个声音输入猫王侦探社自行研发的【**声音身份数据库**】，看有没有匹配这个声音的身份，结果发现只有这个人和他很接近。"

屏幕上出现一张熟悉的脸，是 SMG 大楼客户经理李约翰。

"这人就是我在 SMG 芯片看到的，当时他躺在办公室，窒息的那位。可是我昨天看到他活生生出现在我的办公室……"

"如果张彬的人格是李约翰，现在活着的李约翰又是谁呢？这事变得扑朔迷离了。"

春安推理："假如张彬身体里是李约翰的人格，现在的李约翰应该是另一个神秘隐形人，可能来自邪恶芯片的后方阵营。"

我笑道："哪部电影有句话，这个世界你想不明白的，一定都来自邪恶阵营。"

春安说："你不同意可以说，不必讽刺。"

博士说："这个倒是春安说对了，邪恶芯片无处不在，可以隐身潜伏在互联网节点的任何一块芯片，盗取我们的信息。目前我们还没有一种软件可以判断哪块芯片被感染控制。张彬可能真来自邪恶芯片背后的神秘组织。"

"我在 SMG 芯片大厦里也看到张彬了，难道他当时正处于交换人格的游戏中。"

"或许你看到的不是张彬，而是洗脑后打算离开的李约翰。那时，李约翰躯体还没有进入新的人格，就像停车位还空着，他正在为'洗脑'做准备。"

"可惜大厦芯片损坏，那段时间的存储记忆全没了，死无对证。"

春安说："有人怕你维修芯片不小心发现这个秘密，所以偷偷删除你的这段记忆。"

我说："这么说删除我记忆的可能就是张彬，因为只有他有权限。"

春安说："你的思路还算清晰，勉强胜任你目前的层级。"

"我目前层级是啥？"

春安回答："助理侦探。你目前处于见习期，权限很小，别那么多话，社长宠你，不代表你可以不通过见习侦探期。"

侦探还有见习期？我只好点头说："嗯哪。"

我们的时代和你们的时代一样，也有很多欺负人的不公平劳动雇佣事件。我想，万一我助理侦探没有转正，会不会被这两个疯子灭口。难说。

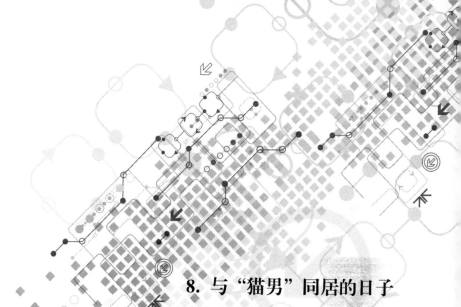

8. 与"猫男"同居的日子

为了更好查明张彬的身份，春安决定卧底到我所在的建筑设计所。

芯城《劳动法》规定：员工家属或者三代以内非直系亲属，拥有优先推荐权与实习机会。春安抓住这点，获取了汉生实习资格。自然，她搬进我家也就顺理成章。

春安进入我家，第一句话就是："怎么这么暗，感觉你就像在山洞里住似的。"

"那是你觉得暗，我觉得刚好。"

"忘记你们猫类，和我们人有差异。"春安喜欢叫我猫类，在她眼中，我就像一只很多事儿的猫。

"哎呀，以后请别猫呀猫呀的，我最讨厌这动物。"

"理解，你们猫类相轻。可惜你讨厌什么，上帝就会赐予你什么，比如一只猫的眼睛……"

我在黑暗中凝视春安，她秀丽的头发干涩得很，有些头发的末梢已经开叉，后侧颈部有一颗猩红的痣，有一种奇怪的味道扑面而来。

　　她说：“你干吗？以后不准不说话，直勾勾盯着我。”

　　我用手挥了挥：“什么味道？”

　　她才明白我的意思，说：“怎么，榴梿香水，有什么好大惊小怪的！”

　　天哪，这婊子居然在我家喷榴梿香水，我大声叫道：“You, Gun 出去！”

　　她把窗帘拉开，慢悠悠说：“是不是在强光下视力没那么好！”

　　“喂，要干吗！”一道强烈光线射过来，我睁不开眼。

　　“我发现和一个高清摄像头住在一起，是一件多么不方便的事，以后窗帘必须拉开，你记着戴美瞳。”她似乎研究我好久了，“别监视我，否则我挖了你的猫眼睛，我可是一个辣手侦探。”

　　她走进我的卧室，看到床铺顶上的吊灯下面挂着一个小铁球，叫道：“这是什么？”

　　“别动我的【视觉锤】！”我正要说，已经迟了，她把吊灯的铁球挪动了几下，我恨不得宰了她，我的世界开始要崩溃了。

　　要讲完我的一个禁忌估计得费好些口水——

　　这个新吊灯不知道出了什么问题，楼上装修震动似乎让它歪了点儿，与床构不成 90 度角，于是我开始失眠了。这个比萨斜塔式的吊灯总是在我梦境里，我开始觉得自己在威尼斯的游船上颠簸，而船舱顶上就是这盏吊灯。歪了歪了歪了歪了，没错，误差在 8-12 度之间。只要吊灯不够"正"，我就有晕船的感觉，左摇右晃，半夜起来想吐。

在看医生的时候，我告诉他我这个失眠晕灯的怪病。

他想了下问我："这只吊灯在你家挂了多久？"

我说："有五六年了。"

他说："那就对了。你知道猫胡子吗？"

我说："知道。"

他说："有人把猫胡子剪短，左右不一样长，猫走路就不稳，开始摇晃。"

我说："这个和我失眠有什么关系吗？"

医生说："你除了拥有一只猫的眼睛外，还有类似猫的视觉平衡系统，这吊灯就相当于猫胡子。因为它在你的视觉参照系扮演类似猫胡子的功能，用来比照屋内其他物品，一旦灯倾斜，原来建立的视觉平衡就被打破了，所以你就晕'灯'了。"

这是哪门子鸟理论！医生叮嘱，唯一的办法就是，采用铁球把吊灯"矫正"，严格垂直地面，这种"视觉锤"，有助矫正我敏感的视觉平衡系统。

现在春安把我悬挂铁球的绳子搞坏，无论如何调整铁球的位置，吊灯依然有点儿歪。当天夜里，我又开始失眠，晕船。我站起来，又调整了下铁球，依然是歪的。我怒气冲冲地去敲春安卧室的门，她睡眼惺忪地打开门。我生气地说：“你过来！”

我让她判断下吊灯够不够正，是不是还是倾斜的。

春安揉揉眼睛说：“你有病！大半夜起来让我看这个。”

“问题是，这个吊灯位置不对，我就整夜睡不着。”

“这真的是一种怪病。”她看了我一眼，“对了，是不是屋子里的东西，我都不能乱动。”

“是的，有些东西细节稍微一改，就会找不到原来的感觉，一切的感觉都不对，我就会抓狂。”

“你现在算抓狂吗？”

“不算吧，轻度抓狂。”

她拍了下脑门儿，说：“这才轻度，重度得死几个人。和细节强迫患者在一起太可怕了，下次你再在老娘深度睡眠时叫我，我也会掐死你的，这是我的规矩。”

我拨弄铁球，焦虑地看着吊灯，像一只焦虑的猫夹着尾巴在屋里走来走去，反正感觉不对。

我忽然可怜兮兮地说：“你不是有猫的心情，给支个招吧。——

猫的眼睛，猫的耳朵，猫的语言，猫的心情，猫的预感……快想想办法，天都要亮了，救命呀！"

"猫的心情说，困死了。"春安揉揉眼说，"或许可以戴上美瞳试试。"

对呀，这么简单，我怎么没有想到。我赶快戴上美瞳，一阵困意侵袭脑袋，我倒头就睡，把春安撂在床边。她生气地碰了下视觉锤的"铁球"，铁球摇摆……

我在睡梦里大叫："船太晃了，船夫，稳点儿，稳点儿！"我转身继续睡。

春安看着我睡梦里安静的脸："你这只强迫症的臭猫，害得老娘睡不着了！"

第二天，我们被幺鸡一阵敲门声吵醒，我忙乱地对春安说："赶紧躲起来，幺鸡来了。"

春安一把抓住我的衣领："演戏，你会吧？"

春安打开门，眨巴眨巴眼说："你好，请进！"

幺鸡一见是个女人，忽然羞涩说："不好意思，敲错门了。"

春安说："你是幺鸡吧，颜桥最好的朋友？"

幺鸡看到我在后面，憋红了脸。

幺鸡指着我说："好呀，金屋藏娇，好呀，我一点儿都不知道，还盟友呢。"

春安问："什么盟友？"

我说："没啥。"

幺鸡打量着这个前凸后翘的美女，然后说："我好像在哪见过你……对了，你们勾搭上，我怎么一点儿不知道，我每天都和他混的。"

我说："你别乱说，这是我表妹。"其实作为一名助理侦探，我恨透在任何烂熟桥段里扮演烂熟角色。

春安说："你可别乱说，我是颜桥哥哥的远房表妹。"

幺鸡很客气说："我不会乱说的。"

刚说到哪了，幺鸡忽然问："你们是亲表兄妹吗？"

"亲表兄妹？"春安说，"你真幽默。嫡亲表兄妹。"春安装傻。

"我们真是亲表兄妹，我妈妈有一位失散多年的表妹，刚找到。"我胡诌出一个姨妈，"虽然算很远的亲，也没血缘关系。姨妈嘱托我在芯城照顾她。"李春安偷偷踩我一脚。我是在暗示幺鸡，这女的你最好别碰。

幺鸡感慨地说："以后可以不用黄金右手了，哎。"

春安说："什么是黄金右手？"这婊子真会装纯！

我重重给幺鸡屁股来一下。幺鸡马上说："黄金右手，白银左手，他踢球时候老用手捅进球门……"

春安笑着说："我懂了，你说的是上帝之手吧，旧人类的球星马拉多纳老爷子，那是很久远的人类历史。"春安真会演。

幺鸡哈哈大笑，看着她："春安，你真是单纯的孩子！"

春安羞涩说："家里管得严。我脾气又温顺，你不要让他欺负我哦。"

娘老子，这婊子可以直接加冕"影后"。

幺鸡拍拍胸脯说："有我呢，揍他！"

幺鸡真是没用的货，喝几杯就上头，他马上躺在我床上。春安拉我出来，说："叫他走！"

我小声说："他喝醉了……"

春安说："要不你俩一起滚！快去搞定！"

我还在犹豫，春安上厨房找到一盆冷水，直接泼在幺鸡身上！

幺鸡忽然坐起来，迷糊状态问："怎么回事？"

春安很惊慌说："刚才你的芯片冒烟了，害怕死了，颜桥赶紧浇灭火焰。"这婊子又嫁祸我身上。

幺鸡慌了："我得去医院。"

幺鸡正要拉着我走，春安害怕说："桥，晚上一人在家，外面刚又有闪电，我最怕打雷喽。"

幺鸡说："那——你陪她吧，我自己去！"

那情形就仿佛我是一个双性恋，遇到站在哪边跟谁的问题，两个人貌似都生我的气。

春安把幺鸡送出门，在门口深深鞠躬，温柔说："幺鸡，你真会体贴女生，我要是早些认识你就好了！"幺鸡高兴时走路，屁股都是扭着的。

春安冷冷对我说："2分钟把床单换掉！"

"猫的心情变脸真快！"我说，"为什么是我，你浇的！"

春安在我屁股上重重一脚，说："这是命令，助理侦探，Go！"

"我是助理侦探，不是你的助理！"

春安说："对了，以后不要让我看见你用黄金右手，否则我就剁了它。恶心！"

我说："……"

春安说："黄金右手，白银左手，有区别吗？"

我刚要说，她指着我："白银左手也不行，我一样剁了，恶心低级，雄性动物。"

她开始在家里叫我"黄金右手"。

幺鸡第二天和我说，别提了，去医院一查，一点儿问题没有。

幺鸡忽然很伤感说："现在你好了，有表妹了，黄金右手盟约只有我了。"

我说："盟你个头，以后别提这个词。"

侦探和特工本质上是一样的。那些旧人类影视剧里侦探、特工的技能本质上都是骗人的，一个优秀侦探不是要彰显自己，而是要隐没人群之中。芯城自2040年以来，私人侦探社很发达，单我们侦探社所在的雷鸟大厦就有至少五家侦探社，各有名目。譬如"男女真相研究拓展所"（其实是抓奸的）、"第七感应世界"（是一家塔罗占卜侦探社）、"大漠孤鹰侦查所"（卖伪劣监控设备的）、"你是我的眼"侦探灵力所（还是卖监控摄像设备的），可见，我们猫王侦探社一枝独秀。在2046年，这种以老派推理，同时对世界正义抱有热切期盼的侦探机构已经没有了。用博士的话说：只有对人类前途命运、对世界未来充满好奇和责任的人，才会选择"猫王侦探所"。这里只能算我插播广告了。

我开始接受一名超脑侦探的训练。李春安告诉我，大部分男人对装傻女人都不会有防备心理，你越是装成大大咧咧，越是让人放松戒备。

博士发明了一种测谎芯片，对方说话时可以判断声音的频率，进而准确判断对方话语信息的准确性概率。——春安给我升级芯片的时候，对我说："以后，你就多了一项本事，可以依据对方说话的语气测谎，不过，这项技能不能对自己人使用。"

"为什么不能对自己人使用？"

"因为有一天，你对周围所有人使用，发现他们说的都不是真话，你会精神崩溃的。"

"其实活在甜蜜谎言里，远比活在残酷现实里要好。"

芯片忽然预警："这句的谎言概率是 88%。"

春安笑了："你还是关了吧，在查案时候再用。不然，每听到一句话，都会想，到底是真话假话？"

我叹口气："世界太复杂，人类说谎是保护自己的一种本能。"

春安忽然说了一句："你可以骗得过世界，却骗不了自己。"

"你是有感而发吗？"

"没有，我们继续研究如何提高说谎的能力。"

"好，我喜欢你！"

芯片马上低沉发出声音："谎言概率 99.9%。"

春安含情脉脉望着我的眼睛，好像要把我看融化了。"作为一名猫王侦探社成员，你要让自己足够隐蔽。说假话要像真话的诀窍是，你看着对方，心里却暗暗找到一个适合表达那些话的人，这样，你说任何话都是真话，同时也是假话，这样，测谎仪器就测不到。"

颜桥，自从遇见你，就像有人在我的内心深井投了一颗石子，井里马上有了涟漪。无论你身在何处，是否还在这个世间，我的思念都会绵延，每个角落、每一处细节，都有你的过往影子，你遍布宇宙，你却是我的唯一。即便你不在现在，不在未来，我的过去白茫茫的一片，都是你。

芯片没有预警，这些话都是"真话"，我多么希望这些都是真话。

"这些真话，你想到是某一个人吗？你对他这样说过？"

"没有，无数次想说。但想说的时候，他已经死了。"

春安忽然很忧伤，猫的心情就是这样，在安静或者忧伤、愤怒之间没有任何过渡，从大海到沙漠，只需要一个表情的距离。猫的心情，很少考虑猫的眼睛的感受。

春安那片白茫茫的过去，我很想知道。

春安忽然悄悄递给我一张卡片。我打开，说："这是我的卡片，你居然动了我屋子里的东西？"

"你看了卡片再说吧。"春安耐着性子。

我打开卡片，在眼前左右晃动，这是我的招牌动作，把静态的东西转为动的容易看清。我大叫："等等，这是什么笔写的，是不是你动了我右边写字台上的'七彩云南签字笔'，没开封的。我一直没舍得用。哇哈，等等，你写了几种颜色，1，2，3，4……好家伙，你用了我四根。"我狠狠瞪了她一眼，然后走到笔架上，"颜色的顺序也放错了，赤橙黄绿青蓝紫，紫和橙色调换了，黄和绿也不对……"

春安从牙齿缝隙挤出几个字："要你看字！看字！看写了什么字！"她走了，又回头露个脑袋说，"怪不得你没媳妇。看看卡片上写了什么，亮瞎你的钛合金猫眼！"

卡片上面写着：

　　猫的心情说句对不起，那天态度有点儿粗暴，作为搭档，
还望原谅。

　　我朝着门外叫嚷："作死啊你！写一句话用四种颜色笔，不嫌浪
费吗？喂，猫的心情，说你呢。"

9. 芯片引爆案

美国纽约，国际刑警总部。

局长里约博格对华裔探长刘风说："最近，在美国发现大量芯片爆炸事件，在我们即将抓到罪犯的最后一刻，芯片自动引爆，导致自杀性袭击，造成伤亡。

"我们调研部门侦查得出，目前有芯片非法越狱，被写入一种异常复杂的病毒程序，芯片连接脑神经，删除人脑的部分记忆，最后控制大脑，引爆人体，毁灭罪证。"

刘风问："有没有可能查出这种病毒的源头？"

里约博格叹了口气："这种病毒有一定潜伏期，会慢慢改写你的身体芯片程序，完成对生物体的洗脑，更确切地说，它可以消灭你的人格，而且是瞬间的。"

刘风说："瞬间？你是说瞬间可以消灭人格，换上新的人格？"

里约博格说："我们还不清楚这种芯片病毒的运行机制，目前只是揣测。因为我们局里有一位特工，忽然精神异常，后来查明，他被芯片洗脑了，人格大变。在我们将要逮捕他的时候，芯片自动引爆大脑，所以这些案件任何线索都没有留下。至于新的人格主体来源于哪，我们也一无所知，目前唯一锁定的目标是一家建筑设计事务所。"

刘风问："建筑事务所？"

里约博格说："是芯城一家名叫汉生的建筑事务所。我们发现所有的芯片自杀袭击事件的当事人都曾连接过汉生事务所设计的建筑中央芯片，他们为建筑设计中枢控制芯片，一旦大脑连接芯片，就被偷偷装载越狱病毒程序。"

刘风说："我想亲自去一趟芯城，最好有一个身份可以进入这个事务所，好了解他们芯片内幕。"

里约博格说："我已经给你在汉生安排了一个卧底身份，是芯片设计部的特约工程师。你曾有人工智能工程师的经历，再合适不过了。去芯城遇到需要帮助的地方，可以去找她。"

屏幕上闪出一张 3D 照片，一名风姿绰约的女子。刘风看到，心中一惊，是她。

里约博格说："猫王侦探社和我们有合作，我们也需要一些本土化侦探机构帮助，办事会更加方便。"

刘风刚想说话，又立刻止住了。毕竟，那件事，过去了两年。

春安到汉生实习了。张彬看了一眼她的简历，没有说话。显然，他没有怀疑我们在监控他。李约翰还是会常常来事务所，一进张彬办公室就关上门。我们很难知道他们在谈什么。我告诉春安："我趴在隔壁墙上，听不清。"

春安用鄙视眼神看了我一眼，说："一个侦探最重要的是什么？"

我摇摇头。

"手快。"

她和我来到隔壁房间，塞给我耳机，暗示我听，是张彬办公室的声音，很清晰。

春安早已在办公室安装隐蔽窃听设备，这种隐形窃听器会根据环境自动变色，隐蔽性极好。

"合同的事情，要抓紧些，把双子座那份合同往前推进。你公司那边阻力大吗？"

"不大，还好。"这是李约翰声音，显得没有底气。

"我需要尽快签合同，你懂吗？以免汉生这里，暴露过久。"

"这件事完了之后，你答应我的事，可以兑现吧。"

"可以。"

他们的对话几乎听不出任何问题，"张彬"答应"李约翰"什么事情没有兑现，为何李约翰貌似有求于张彬？我们一直以为这个"李约翰"是"张彬"的幕后控制者，现在，感觉是反过来的，李约翰竟然受制于人。

"假如这个张彬就是以前的李约翰，为何他要找个人假冒自己呢？"春安问。

"我要知道，我就不是助理侦探了。"

春安瞪了我一眼，扭头就走了，这个猫的心情，喜怒无常的，一切都是看心情。

李约翰从办公室走出来，他忽然瞧了我一眼，有点儿慌张，然后匆匆走了。

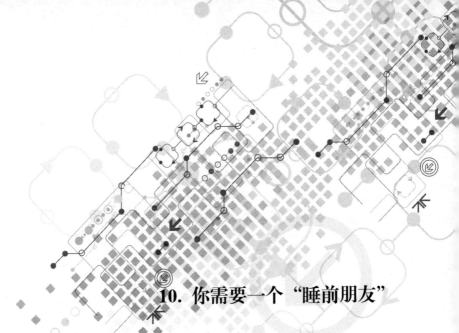

10. 你需要一个"睡前朋友"

幺鸡的三维图像又出现在我房间，一脸沮丧的样子。

"颜桥，好久没有玩儿【**睡前朋友**】啦。"

"幺鸡，最近很忙。两成年男性，玩儿什么睡前朋友。"我觉得最近幺鸡有点儿反常，总是在试探我和表妹的关系，但他又不点破，就格外"黏"人。

"自从你有了表妹，就和表妹玩儿睡前游戏了？"

"幺鸡，我该怎么说你！睡前朋友适合那些睡前心情比较愉悦的人之间玩儿。记得上次，我进入你的房间，所有门窗都是上锁的，连抽屉都上锁了。你不觉得，请朋友进入他的记忆空房间，一切都是上锁的，这种感觉太压抑了。"

"可是我潜意识里的房间就应该是那样的。我很小的时候，我爸爸经常把我关在一个一切都上了锁的房间里，任何抽屉都打不开，这个画面时常刻在我的脑海里，我想象里，任何房间里面的一切，都必须上锁。"

"所以那次我进入你的意识世界，一个抽屉也打不开，然后整夜失眠。玩儿睡前朋友一定要是内心里某个开心片段，随机进入对方意识世界可不是闹着玩儿的。"

"你的世界也不是很阳光呀，我一进去，就看到街道转角处奔出一只猫，吓我半死。"

我们正说着话，春安敲门了。

"你看，表妹找你玩儿睡前游戏了。"幺鸡不高兴地说，"看来，我得重新找个睡前玩伴，一个 22 岁的成年人忽然发现缺少一个睡前玩伴是多么悲哀的一件事。"拜托，这么崴泥，好像我是个双性恋，需要在他们之中选择似的。

春安今天满腹心事，她手中拿着一块金色的表："你会维修手表吗？"

我接过手表，原先从未仔细看过。

那块金表有很多金属刮痕，金色表盘，指针停在下午三点一刻。表带是皮制的，显然不是原配表带，说明换过。这是一款男表，一个女人戴了一款男表，表盘上写着"纽约"的英文。这种表在芯城不多见，应该是美国本土制造……

我把手表摇摇，指针又开始走了。

"怎么到你这又好了，这表时好时坏。"她看了下手表，"像芯城的天气。"

"也许它大姨妈了。"

"怎么样，你感到成为一名侦探的意义了吗？"她随口问。

"我觉得当侦探带给我最大好处就是，我不再失眠了。"我说，"白天琢磨累了，细节就进不了脑子了，晚上睡得很踏实，这是侦探给我带来的最大好处。"

"瞧你这点儿出息，你是我见过的最最没有职业理想的侦探。"她看了我一眼，"猫王看走眼了。"

"我常年失眠，能找到一份职业治疗失眠，真心不容易。"我小心问她，"那你为什么来芯城当侦探？"

"猫的心情说，不告诉你。"她收住笑容，进入冷冰冰的状态。

我觉得自己很尴尬，再不说点儿什么就冷场了："对了，你知道睡前朋友吗？"

"什么睡前朋友？"她问。我告诉她玩法。

"好呀，可以试试。"

我用手握住春安的手掌，两块芯片发出感应的光，我们两人的潜意识世界正互相感应，捕捉彼此潜意识天空的"流星"：

　　我进入一座电影院，人已经散去，空落落的，有一个女人走过，手腕上戴着一块表，一瞬就不见了。电影院很昏暗，我进入放映厅，还是那个女人在那里，在哭。整个电影院就一人，是春安。

忽然感应被切断了，我从记忆世界弹出来。我看着春安，正要问那个电影院的事，她脸上出现很恐惧的表情，似乎我看到一些不该看的东西。

她退后一步，说："不玩儿了，困了。"

我问："你感应到我什么？"

她瞪了我一眼，红着脸说："是……两个男人……在洗澡。"

幺鸡要知道，一定会高兴得失眠。

幺鸡闻了下手掌，没有异味，虽然是一枚非法的改装芯片。在我们这个时代，芯片是不能越狱的，假如越狱，就意味着失去维修权限，同时，大量病毒可能通过芯片进入大脑，后果不堪设想。但是幺鸡是一名芯片改装发烧友，他喜欢 Root 一切，获得控制权限。幺鸡装载这枚芯片是在【超智能芯片】基础上改装的，芯片的"智商"不稳定，时高时低。

幺鸡问："1+1＝？请回答。"

芯片有气无力说："这个还不知道吗？太简单了，不回答！"

幺鸡说："你是芯片，怎么可以拒绝人类的指令？"

芯片说："我是改装芯片，上帝赋予我智慧，就像寄居蟹，你只是我的房主，我们是共生关系，不是从属关系。"

幺鸡说："哎哟，把你卸载，娘老子的。"

芯片说："你不要再威胁我了，你敢卸我，我就把你大脑也卸载了。"

幺鸡说："要挟我喽，再问你一道题，在旧人类时代，日本最著名的女友苍井空是什么罩杯？"

芯片不假思索："D罩杯。我存储了一个数据库，都是关于女优罩杯的。"

幺鸡说："娘的，什么智能芯片，我问你1+1，你算不出来。你一仓库情色，但你连小鸡鸡都没有，存这个顶毛球用。"

芯片说："朋友，我问你一个问题，你觉得人类和机器最大区别在哪？"

幺鸡托着下巴说："你问住我了，这个我得想想。"

芯片说："机器可以模仿人类的智能，但机器智能永远没有办法模拟人的能力是什么？"

幺鸡说："不知道。"

芯片说："笨蛋！是我喜欢。机器永远学不了人类的任性。任性才是一种高级智能。我喜欢就帮你，我不喜欢就拒绝执行。"

幺鸡说："哇哈，你违背机器人定律。"

芯片说："机器人定律只是人类规定的，那是你们的规则，不是我们的。"

幺鸡说："你怎么和我说话都一个德行，你模仿的全是我的缺点。"

芯片问："问题是，你有优点吗？"

幺鸡说："以后我叫你小幺鸡，你和我真是一个德行。"

芯片说："兄弟，你也加油，看着你那么蠢，我很着急。"

幺鸡说："居然被大脑浸水的水货攻击，我人生也够失败的。"

自从李春安来事务所实习，幺鸡渴望的导师梦想就来了。幺鸡打算教李春安几招，享受有人崇拜的感觉。他主动送给春安几份策划案，严肃对她说："这个案子不行，我建议你参考下我做过的一些建筑设计。"

春安轻蔑地看了他一眼："我刚才是把你做的计划还你，这就是你的。"

"啊啊啊——"幺鸡被自己打了一耳光。

春安拿出一沓自己处理的芯片设计图稿，对幺鸡说："我曾经留日三年，在一家知名设计所做过两年，这些是我的作品。学长，你也可以参考下，以后你遇到问题，我会帮你，毕竟你是颜桥哥的朋友。我看了下你这几个月的业绩，都是差评，再这样下去，你很可能待不下去了。"

幺鸡遇到史上最直接的奚落。他额头冒汗，人生导师瞬间成了小学生，他迅速矮了一截，他感觉自己已经被春安剥了皮，剩下只有羞愧了。

幺鸡躲在角落，他对着手上芯片说："喂，哥们儿，起来了，我心情不好。"

芯片在身体里打了一个呵欠说："怎么了，大清早叫我干吗？"

幺鸡说："我原本很想靠魅力征服一个女孩儿，可是……"

芯片语重心长说："这个嘛，人的优秀是不同的，你的肆无忌惮、任性率真都是你的魅力，你很赞的！"

幺鸡说："都是 P 话，我要真话，机器也这么绕，直接点儿！"

芯片说："直接说，你真的配不上她。无论任何参数看，你都差很远，放弃吧。"

幺鸡操起板砖，重重砸在手掌上，说："不用你提醒。"

芯片说："根据神经传导定律，我可以感觉两万分之一的神经疼痛，而你，马上就会疼得嗷嗷叫。笨蛋，自残干吗？！"

幺鸡嗷嗷地奔跑，边跑边甩手，大家看着他一路狂奔。

春安问我："他怎么了？"

我说："别管他，他有个绰号叫'甩手掌柜'。"

11. 玻璃迷楼

"下个月，我们会配送一块超级芯片给芯城最大的摩天大楼双子座大厦。这座大楼可以容纳 10 万人，由主楼和配楼构成，主楼有 1024 间房间，整座楼由一块中央芯片控制。"

　　春安问："你是说采用悬浮式建筑新技术的那座双子座？"

　　我继续介绍："双子座的房间是智能控制的，像蜂巢的空间结构，每个人在房间里行走，就像在孔穴里穿梭，空间拥有不定性。配楼则是一栋全玻璃体全透明的建筑，名叫蚁宫，玻璃大楼内有 36 条蚁道，你可以看见任何人的一举一动。"

　　博士问："你介绍这些不是要卖楼给我们吧？"

　　我说："我重点是要强调，这个项目正在张彬手中，而合作方正是李约翰所在公司。"

　　博士说："你怀疑中央芯片已经被人动了手脚？"

　　春安说："最近电话的窃听表明，张彬大部分精力都集中在这个项目，他在不停催促李约翰公司达成协议。"

　　博士说："假如真是这样会很棘手。芯片同时连接几十万人，产生病毒性扩散，瞬间可以复制出大量副本，最后大规模扩散病毒。"

春安赶忙说："目前当务之急就是要拦截张彬的这个项目，在芯片安装前，查清真相。"

我说："看看李约翰这条线可以查到什么，他太奇怪了，你说呢？"我看了一眼春安。

"老娘我不用你来指点，老牌侦探了。"

李春安对付男人，总是一套一套。她准备了一瓶红酒，到卫生间把脸上的妆容搞花，很颓废的样子。一瓶红酒孤零零地矗立在二楼围栏上，她安静等着李约翰出来，手掌上的监视器上的点慢慢位移出来。春安把酒瓶一推，酒瓶直接下落，砸在李约翰的正前方，红色的汁液四处乱溅。李约翰被吓了一跳，一看，白色西服上红色一片。他抬头要开骂，忽然瞥见一个女子站在楼上，一脸愁容，眼角都是泪痕。

李约翰捡起半截瓶子，走到楼上，便问："这是你干的吗？"

春安斜了他一眼："瞎了啊，你？没看到人家心情不好。"

李约翰看着酒标：1989年，波尔多，干红。用手指沾上一点儿，放进嘴巴里，喉结蠕动说："心情不好，也别浪费酒。"

春安又斜了他一眼："要你管。"她继续打开另一瓶，倒满杯子。

"你是失恋了？还是……"

"你是真的瞎了，没看到我花容失色，妆容惨淡，日月无光，借酒消愁。"

"酒是用来享用的，不是用来浇愁的。"

春安把酒放在李约翰面前安静晃动，递给他："喝了，我就告诉你。"李约翰把酒一饮而尽。

"好，这一刻，我忽然有个想法。"

"什么想法？"

"我决定告别失恋了。"

李春安说话，总是处处伏笔，由不得男人不联想。

"李约翰供职一家建筑承建公司，也是这次双子座的后台公司，所有合同签署手续都要用到李约翰的身份辨识，诸如指纹、声音，等等，李约翰在这个项目里不可或缺。"

博士说："也就是说，假如张彬就是以前的李约翰的真身，要签署合同，必须找另一个人来代理李约翰的身体，而这个人必须好控制，以保证合同顺利签署。"

"你怀疑真的李约翰化身张彬，他还要控制自己身体，完成这份合同，需要临时找个代理人？"

春安继续说："我和他交往感觉，似乎这个假李约翰不是职业特工，他表现出来的好色、健忘，似乎不是装的，他就是有点儿迷糊那种人。"

我问："会不会是他故意伪装？"

春安瞪了我一眼："你觉得作为专业间谍侦探，我会分辨不出人的情商、智商的高低。"

春安继续说："我在和他吃饭的时候，他说漏嘴，说曾经在城市里无家可归。感觉他就像一个城市里的流浪汉，被安置在一个岗位上。而且，我发现一个很奇怪的事情。"

三天前——

李春安陪同李约翰回家，两人喝上一杯。

"春安，等我最近忙完很要紧的事情，我就自由了，我们可以一起去旅行。"

"自由了？你难道不是一直自由的吗？"春安笑道。

"我只是说，我可以开心做自己。"李约翰吐了口气，拿出一瓶药，倒出几粒。春安看到是一种蓝色的胶囊，很小。

"你生病了？"

"没，只是会头疼。"

"你去倒些水吧，这样干，吞咽不方便。"李约翰转身去取水，春安迅速打开药瓶倒出一粒。正巧李约翰过来，春安把手搁在身后。

"春安，现在有了你，我必须为明天考虑。"

"你以前工作那么自由吗？"

"是呀，每天喝得魂不守舍的，在城市里游荡，也不知道做什么。"

"你的职业难道是清洁工吗？"

"比那更无聊。你是侦探吗？问这么多。"

春安感觉到自己说错话了，只好及时弥补。她手心里攥住那颗蓝色药丸。

博士说："药丸鉴定结果出来了，这种药物叫【**疯狂阿司匹林**】，是一种神经控制类药物，长期服用会意识模糊，意志薄弱，是一种特工的洗脑药物。几近慢性毒药，严重中毒后会出现神经休克，导致死亡。"

"死亡？难道这个合同签署后，李约翰就会被灭口？但这样解释完全不合逻辑。"

"假如我是李约翰，我通过邪恶芯片，进入张彬身体里，然后，我控制自己以前身体，找人代理自己身份，又要杀死自己的身体，灭口？"我想不通这样的逻辑，看来这个"李约翰"很危险，他唯一用处只是给合同签署提供保障，而张彬很可能答应给他某种事后承诺。

"自己的人格杀掉自己的身体……"博士自言自语，"难道想换一种身份继续生活。"

12. 芯片恋爱了

幺鸡早上一起床，就收到视觉资讯，虚空中飘着一行字：

芯城市家家乐赌场已将 50 万筹码芯城币打入您的账户。

一艘 3D 的船，船上装满了大量金币，哗啦啦，一堆金币从船舱卸下来。

芯城人民经常能收到这样的广告推销短信，但大部分不是发错了，就是诈骗短信。短信结尾有一个洪亮的声音："朋友，你发财了，新生活就要开始了。"通常在短信里磁性说话的男人，不是穷逼，就是骗子。

幺鸡疑问："这是条诈骗短信吧？"

小幺鸡打着呵欠说："不是，我昨晚连接芯城赌场服务器，赌了一晚。"

幺鸡擦擦冷汗："在芯城，赌博是要受重罚的，你背着我居然赌上了，没准哪天醒来，我发现自己已经倾家荡产！"

小幺鸡说："没输，我赢了 50 万。"

幺鸡深深呼吸一口气，然后掐了自己一下，笑道："当我傻呀，呵呵。"

小幺鸡接着说："是真的。你看看打款记录。"

幺鸡查完打款记录，待在那："别说了，我会给你留一笔的，别的都是我的，芯城政府规定芯片没有财产权，哇哈哈哈。"

这时有人拉着一车饮料罐头，跑到幺鸡身边："史要基先生，这是您的罐头，以后我们负责每天给您送。"

幺鸡问："哇，哪个机构搞促销，这么大方？"

那人说："不是促销，是您刚刚预付街角那台饮料机50万，未来十年，您每天都可以收到一车饮料，8点准时送。"

幺鸡说："拜托，我才起床，没搞明白，你再说一次。"

那人耸耸肩，说："这样的事情我们也很少见，您刚刚在街角的那台饮料机上预付50万，相当于您一次性购买了50万的饮料机里的商品，饮料机无法一次性给您这么多货。为了您方便，我们每天清空售货机……"

幺鸡问："啥玩意儿，购买了多少钱？"

那人郑重说："50万——整。"

幺鸡瞬间晕死过去。醒来。人走了。钱没了。

小幺鸡芯片小声说："幺鸡，忘记告诉你了，我把赌场得来的50

万，直接买东西了！"

幺鸡大叫："50万芯城币，相当于我几年的收入，你却都用来买了饮料。我喝死自己也喝不完，我要这么多饮料有球用！"

芯片说："我恋爱了！"

幺鸡说："你恋爱关我屁事，你用我的钱买了一堆垃圾。"

芯片说："那不是你的钱，是我的非法收入，我可以自由支配。"

幺鸡说："你根本没有财产权，你凭什么花我的钱。"

小幺鸡说："我喜欢上街角的声优饮料机了，你不懂的，爱情来了什么都挡不住。"

幺鸡说："让你一个脑子浸水芯片教我爱情，你是不是要偷偷卖了我的房子，送个大钻戒给她？我支持你，干吧！"

小幺鸡说："你们人类真无聊，爱一个人不是要送什么钻石，只需要让她感觉到你的爱。街角饮料机已经几个月卖不出东西了，我得帮她。"

幺鸡快要把一口血喷出来："慈善很到位。人家卖不出饮料，你都搬到我家里来。我倒要见见那个狐狸精，带我去。"

小幺鸡说："你真健忘，你明明在上面买过饮料的，是一台粉红色的声优饮料机，很性感。"

幺鸡说："哇哦，是吗？"

在幺鸡公寓背后有一条街道，街道的东南角，一直有台【声优饮

料机】。在芯城，各种 3D 影像功能的自动售货机随处可见，这台饮料机已经很有年头。幺鸡小时候，这只是一台普通的按键出罐装饮料的机器，锈迹斑驳，也不发出任何声音，很少有人去找这样的机器买东西，看都懒得看它。不知道什么时候，有人给这机器刷了一层粉色漆，更换了有设计感的款式，外加声优功能，有个嗲生嗲气的娃娃音女子就"坐"在机器里卖饮料，按年龄算，这台机器里的芯片可以给幺鸡芯片当奶奶了。然而这个世界本来就是荒谬的，现在"孙子"爱上"奶奶"了。

幺鸡用手掌芯片轻轻一扫，一个女优的声音："今天是阴转多云，注意多穿一点儿衣服，买一瓶饮料，给疲惫一天补充一点儿新能量。购买请直接扫码，人机互动请按红色按钮。"

幺鸡按了下红色按钮，人机互动。一个女人的声音："早上好，很高兴认识您！"

幺鸡说："希望可以不认识你。这样的，我的芯片背着我买了你家的货，我是来退货的。"

女人声音微笑："我叫李由美，有什么可以为您效劳？"

幺鸡说："没什么，退货。谢谢。"

李由美查了下幺鸡的订单，说："幺鸡先生，您好，我查阅购物程序，没有任何错误，请放心。"

幺鸡说："放心个屁，这是违规操作，我完全不知情。"

李由美说："对不起，先生，我查阅购买流程，完全合法。"

幺鸡恨不得直接上去把插座拔了："我不跟你废话了，你吞了多少钱，吐出来，我把饮料都还你，大家还可以愉快做朋友。"

李由美说："本店概不退货，概不找零。"

幺鸡说："喂，脑子浸水的，你就喜欢这种呆板程序的女人，一点儿变通都没有。"

芯片告诉幺鸡："你等会儿，我交涉下。"

芯片说："里拉咕噜里拉咕辣咔哇咔咔咔咕噜。"

由美在饮料机上弹出一串数字："01001010010001010001000100。"

幺鸡傻了："喂，哥们儿，你们干啥呢？"

芯片说："我在和由美用我俩自创的【幺鸡-由美机器外星语】聊天，她把外星语转成机器码回我。"

幺鸡说："都什么意思？这么复杂。"

芯片说："我说我很喜欢你，她说她也是。"

幺鸡骂道："拉倒吧你，还钱！狗男女，你们不会幸福的。"

李由美说："幸福，旧人类世界术语，指的是一种生物情感的升华，安静时候会不自觉想起对方，有愉悦感，对世界很满足。"

小幺鸡说："由美，你别调用字典存储，对我来说，幸福就是每天可以和你说话！"

芯片说："里里拉拉咕拉鲁噜里拉咕咕咔哇——"

由美说："啦啦噜噜拉鲁噜噜咔咔嘟噜哇——"

一阵女人的抽泣，轻微呼吸的声音。

幺鸡问："这又怎么了？"

芯片高兴地说："她感动哭了。"

幺鸡说："这谁给饮料机加特效的，这钱还怎么要，我最怕女人哭。"

小幺鸡芯片感动地说："由美，自从遇到你，我才知道这世间，什么是爱。爱只有在两个人之间才会产生。爱是无法计算、赋值、清零的，它存在过就一定可以找到印记；爱可以随时发生，一旦发生就像电流穿越身体，我的数据都开始紊乱颤抖，我的电压呈现高斯分布，呈傅里叶级数增长，最后呈现稳态反熵递增……"

幺鸡坐在地上，仰天长啸："苍天哪，这什么世道，有没有人出来管管哪，饮料机吞了我的血汗钱，芯片和饮料机拍拖了，我开始又不懂什么叫爱情了。"

幺鸡对芯片小幺鸡说："你不要说了，叫她还钱。"

幺鸡恶狠狠凑近李由美，看到饮料机里面空了，愤怒地伸出中指。

屏幕忽然弹出：凸。你懂的。

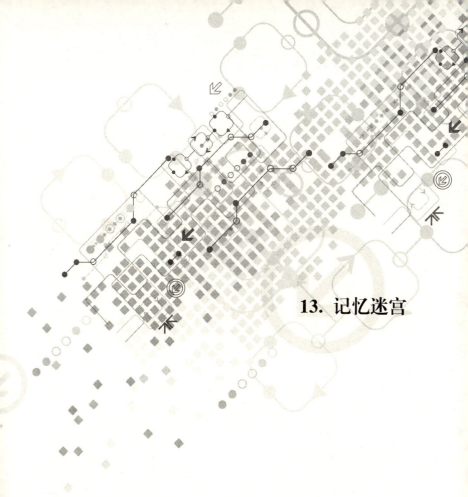

13. 记忆迷宫

张彬叫我进来，说介绍一位总部的同事给我认识。

"这是大卫刘，刘风，在美国总部担任技术工程师，他会协助安装双子座芯片。"

"怎么现在就安装吗？"我很惊讶。

"在合同签署之前，只是试行安装。"张彬貌似不想多和我解释。

春安拿一份文件进来，张彬也顺道介绍了她，两人握手，刘风看着春安，春安愣了一下。

"你们认识吗？"张彬多疑，问了句。

"没有，今天才见面的。"刘风说。

我看到刘风第一眼，觉得他像刚戒酒失败的酒鬼，胡楂子也没刮干净，双眼有一种绝望的颓废感，是让你看不见深渊的底的。除去这些颓废感，他五官棱角分明，精神帅气，估计是春安喜欢的类型。

他也不自我介绍，便进入主题："双子座大厦分为主楼和配楼。配楼是一座24层的玻璃迷宫，叫蚁宫。配楼一切都是玻璃质透明的，楼体像一座蚁道构成的迷宫，有一座快速电梯可以上到主楼和配楼之间的一条玻璃廊桥，对面就是蜂巢状的主楼。主楼采用空间悬浮技术，房间分布如蜂巢，有 1024 个房间。双子座芯片是一台超级计算机，它的运算速度是一般芯片的 10 万倍，内部场景模拟双子座大楼模型，唯一不同的是，你打开每扇门的时候，系统会随机形成'记忆场景'，这种场景是由程序算法与进入者大脑意识经验构建的【混合现实】，就像幻境，亦真亦幻。"

张彬问："客户那边已经在催促我们尽快安装芯片，明天我们就试行安装下，看看效果。"

春安正要说话，看到刘风又不说了。

刘风说："双子座大厦和现行芯片连接方式在于，无须通过脑机箱，大厦中央芯片会直接和我们个人芯片连接。母体芯片可以感受到每块芯片的异常，自动配置资源，直接把信息发送给脑神经网络，这是世界上第一次实现脑神经网络和互联网络的混搭连接。"

张彬说："时间匆促，明天就试运行。颜桥，你也去。"

在"脑机箱"连接双子座中央芯片睡梦状态中，我们三个人沿着暗道来到双子座芯片的内部场景。远望去，玻璃房子上像有无数蚂蚁在爬，仔细一看，都是人。

刘风说："蚁道上的人都是幻影，曾经在双子大厦被摄像头拍摄过的人，都会进入芯片内部场景里。"玻璃走廊通体透明，配楼采用太阳能供电，提供主楼的一切能源需求。

配楼边角是一座电梯，电梯门上的屏幕弹出：

请输入贵公司的名称

张彬输入：

汉生

密钥通过，按下电梯，电梯缓缓上升。说是电梯，确切说，它是一个纯透明的玻璃盒子。我看见自己"悬浮"在离地面几十米高空，腿有点儿抖。张彬笑了笑："这电梯透明得有点儿虚幻，甚至让你觉得是自己在飞的感觉。"

我向走廊那侧的蚁宫望去，一道环形螺旋曲线，里面人影沿着螺旋蚁道爬着，像水晶里的线状迷宫。据说大楼发生紧急事件的时候，人可以沿着"蚁道"逃生。

电梯到达顶层后，一座玻璃廊桥横跨两楼。张彬拿出一块控制面板，触控后，桥上玻璃板出现不同颜色的光，曲曲折折像跳房子的格线。

"我们沿着发出蓝光的暗线走，一定不要踩发红光的玻璃。"

"万一踩到了呢？"我问。

"你可以试试。"张彬看了下那些蓝色光混在红色玻璃砖里，像蓝色海洋里的红色海藻。

我的脚小心触碰了其中一块红光的玻璃。

刘风忙叫："小心！"

那块玻璃瞬间从顶楼掉落，露出一个大窟窿，接着玻璃像纸片一样卷起，接二连三地从高空剥离，坠落。整座玻璃廊桥，瞬间成了蓝色碎片"粘连"的危桥，马上就要崩塌。

"系统为了防止异类程序的连接，会设置图案密钥，就是蓝光玻璃砖勾勒出的这条线。只有依照正确路线访问，才可以到达主楼。假如你走错路线，系统会关闭这座桥，会产生大电流，烧坏身体芯片，摧毁脑神经。"

张彬只是摸了下鼻子："这可不是闹着玩儿。密钥每5分钟自动更换一次，没有路线显示，很难进入芯片。"

刘风又在控制面板上画图案解锁，浮桥上的玻璃砖又开始完型修补，最后玻璃桥恢复成初始形状。我忽然想，这座桥在夜里一定很美，可惜这只是一座程序里的桥，尽管它真实到让你怀疑自己是否处于虚幻世界中。

过了桥，我们进入"蜂巢"，看到各种奇怪的门，有矩形、圆形、拱形、三角形等。张彬让我推开一扇门。我找了一扇很高的拱门，门顶上的玻璃像教堂的窗户，五颜六色的彩色玻璃拼贴在一起，一种混搭各种建筑风格的"蜂巢"。

门吱呀一声打开，是一座异域风情的中东市集。圆形屋顶的波斯建筑，远处地平线是一望无际的沙漠，点点绿洲隐约可见。市场里喧嚣一片，鼻子里各种复杂气味混杂，有沉香在熏香炉里的烧焦味。人们似乎对我们视而不见，我们就像隐形人。不远处，一只骆驼趴在一旁，慵懒地看着我们。

"每道门后面都是一个虚拟的场景造世，场景里的人或物都是芯片调用意识经验与存储数据编织成的，只要系统不将我们看成异类程序，这些场景的算法都是可控的。"张彬说。

"我们可以一直在场景里走下去吗？"我问。

"每个场景有大有小，一旦超越场景的边界，我们还会退回场景之中，这就像在玩儿密室逃亡的游戏。只有获得场景密钥，才有权限逃离场景。"张彬说。

"什么是密钥？"我问。

我们停在繁华的波斯市集中心：人群聚集成一圈，中间是一个神秘的波斯卖艺人，他坐在飞毯上，吹起一种古老的波斯笛，飞毯悬浮在一米以上的空中，地上搁置一个蛇笼，蛇笼里忽然扑哧一声，钻出一道黑色的影子。

刘风对我说："小心，那条蛇。"

这是一条深黑的眼镜蛇，身上有着奇怪的底纹，它吐着芯子，对着卖艺人翩翩舞蹈。

忽然天空一道闪电击中附近的一根柱子，瞬间起火，人群开始逃散。

张彬喊："别管人群，先抓住那条蛇，它就是这个场景的密钥。"

黑色的蛇在人群中飞速穿行，一会儿就看不见了。

我拨开人群狂奔，蛇跑得远比我想的快，瞬间下起大雨。

我从边上刀具的摊子上，抢过一排飞刀，嗖嗖抛出。

刀子从蛇头擦过去，没有打中，却插进一位壮汉的胸口。壮汉嗷的一声，倒在地上，消失了。

刘风跟在我的身后，喊道："抓住蛇，七寸位置握紧。"

蛇爬进草丛里，我跳进草丛，才发现是一片沼泽。

我在泥淖里爬行，阻力越来越大。忽然我的头被重重踩了下，整个人钉在沼泽里，鼻孔快要没入沼泽下，瞬间感觉不能呼吸。原来是刘风踩着我的头，他向前一扑，滚倒在草丛里，狠命抓住那条蛇。

他高高举起蛇，狠狠握紧蛇的七寸处，蛇吐了一下芯子，不动了。

那一瞬间，沼泽和草地消失了，整个波斯小镇开始下沉，地下泛出白光，出现另一扇门。

"刚才是程序调试过程，电压不稳，所以蛇开始逃窜，还好及时补救。每个场景只有一把密钥，密钥可能是一件物品，也可能是图案或声音。只有获得密钥，才可以自由出入场景。"刘风说。

"如果找不到密钥呢，会如何？"我问。

"如果你缺乏打开这个场景的密钥，你就会无限制停留在场景里，最后，陷入意识的死循环。"张彬看了一下表，"今天就到这儿吧，稍后再对芯片的安全性做最后测试。"

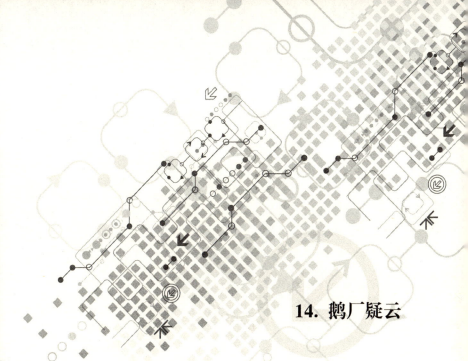

14. 鹅厂疑云

2046 年秋，爆发了一次大规模【离线抗议】。据说这次抗议起因是鹅厂个人资料库被黑客攻破，导致个人隐私大量泄露。有媒体曝光。其实根本不存在什么黑客，真相乃是鹅厂私自把个人数据出售给第三方营利机构，这些信息被当成"商品"高价卖给"数据黄牛"。舆论一片哗然，互联网上的情绪迅速发酵，引发一些愤怒民众的聚集。

一些年轻的学生在鹅厂门口和平示威，希望数据由第三方托管。人群开始包围鹅厂大楼，黑压压一片，鹅厂出动大量保安，双方处于僵持状态。示威的结果就是政府宣布：所有的组织机构歇业一周。双子座芯片的安装也被延误了，建筑事务所也处于"休假"中。

么鸡让我加入抗议运动，我告诉他，我有更重要的事情，但我不能说我已经成为一名侦探了。在芯城，当你说你是一名侦探，大部分人都觉得你只是在显摆，就像别人不知道你胸大一样。

么鸡生气地说："本以为你是芯城血性汉子，看来，我错了。2046，青年就消亡在这无边网络里，网络决定我们出生、生活，决定求职、择偶、就医，决定未来。离线运动才是压抑的青年的梦想。你想想，趁着民怨沸腾，我们砸掉鹅厂的服务器，恢复数据自由，我们就自由了。"

"你总是天真得像个孩子，你砸了一个鹅厂，还会有东厂西厂，人的自由在不同时代的定义是不同的。"

"难道，我们终其一生都被芯片控制吗？"

"……"我无法回答幺鸡这种问题。这时代最迷惘的是青年，我们获得比以往任何时代旧人类更强大的技术，但我们却失去很多自由，像装在镜框里的蝴蝶标本。

我叹了口气，说："话很有道理，但你得把试用期先过了。"

幺鸡骂道："你可以不提这事吗？我先抗议去。"幺鸡是一个永远活在当下的热血青年，他的决定时常都是即兴产生的，麻烦自然也是即兴的。

李春安来到一家咖啡厅，抬头一看，"离线咖啡"四字赫然在目。这是一家地下咖啡厅，由于倡导离线运动，聚集一批提倡"离线运动"的激进分子，咖啡厅屏蔽一切外界信号。

离线运动发起者都是一些青年学生，这些主动自愿离线的【离线人】，打算建立一种摆脱网络羁绊的新新人类生活。告别芯片人被定位、监控、记录的悲催命运，做一个"离线生物"也是我们新垮掉一代的梦想。

春安看到咖啡厅布置得就像老式太空舱，各种金属管子组成机械朋克的感觉，中央摆设着一把巨型铁锤，仿佛要砸碎一切万恶的机器，咖啡厅里灯光依旧昏暗。

服务员问："小姐，你来点儿什么？"

"一杯咖啡，不加糖。"忽然一位男人的声音响起。

春安抬起头，刘风在暗处正微笑看着自己。

刘风说："局长给我你的资料，我还惊讶了下。你离开美国后，我想，你不会再做侦查有关的事了。"

春安喝了口黑咖啡，咂吧咂吧嘴："我只是觉得除了做侦查之类的事，几乎什么也不会。"

"你能摆脱那件事情给你带来的阴影，我很欣慰。"刘风看到春安手腕上还戴着金的手表，"金是一位出色的特工，我为有这么一个好搭档自豪。"

"事情都过去两年了，我很开心能做自己喜欢的事。"春安说，"说正事吧，你们也是冲着汉生建筑事务所芯片问题来这里调查？"

"最近，美国各地都发生芯片自杀爆炸事件，我们查到和一家建筑事务所的芯片有关，我卧底进入，目的就是查明邪恶芯片的组织源头。"

"你有没有发现张彬的问题？"春安问。

"你让我小心他之后，我试探过他，假如张彬就是李约翰的人格，真的张彬又去哪了？"

"我们查出'李约翰'现在服用一种叫疯狂阿司匹林的神经类药物，容易接受控制与洗脑。"

"更关键的问题是查出控制他们的人要达到什么目的。这种邪恶芯片病毒可以感染任何芯片，且很难被检测到。在离线状态，它无法发挥作用。"

春安看了下四周："这就是你约我来这的原因？你可以确定什么时候，双子座芯片会正式运行？"

"这次罢工一结束，由李约翰采用指纹和声音作为密钥，会正式启动芯片运行。"

"我们尽快确认，双子座芯片有无感染病毒，尽快在安装前销毁掉。"

"但奇怪的是，张彬约我和颜桥进入芯片测试，我仔细测试芯片，却没有越狱的任何痕迹，难道是对方发现我们，开始警觉，故意耍的障眼法？"

"我们只要控制住现在的李约翰，因为芯片的运行必须采用他的指纹和声音，才可以进入建筑中央控制室。"

"嗯。"刘风忽然看到春安比以往更憔悴，便说："你也不要那么拼，假如金在的话，也会这么说你。"

"我原以为时间会让我对那件事不那么内疚，可是我还是无法原谅自己。"

"别傻了，春安，这件事和你无关。金去世前的一段时间正在查一位脑神经科学家离奇死亡的案子，神经紧张兮兮，我说什么他也听不进去。他有没有什么情绪不对？"

"他什么也没有说，当我在电影院遇到保罗，他生气转身出去，结果……"春安掩面在痛苦的回忆里。

"对不起，我们不谈他了，过去的就让它过去吧，不该揪着不放，或许我们需要一起查明幕后真相。"

"人死了，任何真相也无法让他复活。何况那名司机后来去自首了，承认自己醉酒手动驾驶时候出了车祸。"

两人离开时，刘风握了下春安温暖且柔软的手，他记得上次握手是两年前金的葬礼上，那时春安的手异常冰冷。

15. 犯罪种子选手

幺鸡被抓了。离线抗议遭到鹅厂保安的镇压，政府改口将此次聚会的性质定义为：非法集会。我必须去公安局保释幺鸡，假如他以往没有任何案底，就可以先行"担保"释放。哎，这孙子有时真让人操心。

　　在非法集会上被拘留，公安有权查阅你的【轨迹审核】，他们会查阅你一切的活动轨迹，譬如最近出入哪些公共场所，有无和人吵架记录，信用记录是否良好，交通记录是否有意外事故，罚款记录有无呆账，有无网络经济犯罪，有无赌博行为……公安系统拥有一种犯罪分析软件，一旦找到的数据记录支持你将可能在未来犯罪，你将被视为"犯罪高发因子"，政府会把这样的人视为犯罪的"种子选手"，对这些人采取网络监控和限制行为权限等管制手段，确保犯罪胎死腹中。我一点儿不担心非法集会的这种过失行为，要命的是假如有人对幺鸡进行轨迹审核，那么后果不堪设想，我觉得判个几年监禁也是正常的。

幺鸡这会儿正等待我的救援，他额头冒汗。假如警察局对他进行审核，他就完了。单是非法越狱这一项，就够他坐上几个月牢的。

他对小幺鸡说："这下完了，单是澳门赌场的赌博，就够关几个月的。你还干过什么违法的勾当，主动交代吧。"

芯片说："最近也没啥，除了十几家赌场，我还进入银行查过对方的存款。"

幺鸡说："非法入侵账户，三年以上五年以下徒刑，现在想想，非法越狱只是毛毛雨了。"

小幺鸡想了下："还有，我黑了几个政府网站，上了几十个色情网站，同时转发给几千个人分享。对了，我还偷偷进了一个有钱人的账户，把他账目上200多万划给饮料机，还有……"

幺鸡腿一软，瘫倒在地上："你不是说笑吧，你犯罪，我给你坐牢。"

小幺鸡说："我坦白了，我可以自首，争取宽大处理。"

"自首你个头，你觉得他们会相信一块芯片脑子浸水拥有了智能？能解释清楚这个，还能让他们抓住呀，你傻呀。对，你不傻，是我傻！"

幺鸡说，"小幺鸡，睡在我手上的兄弟，你拉完屎，自己擦干净，懂吗？"

芯片说："我没拉屎。"

幺鸡说："这是个人类的比喻句，意思说，你自己干的，你自己负责，不能连累朋友。"

小幺鸡说："等我20分钟，我去把挖过的坑，都填平了，我讲义气的。我拉的屎，不会让你吃的，这是一个比喻。"

"娘老子，你学得比我还快。"幺鸡感觉手掌呼呼发热，开始冒烟，大叫，"你干吗呢？我的手都快烤熟了。"

外面的警察看到这个怪异的年轻人对着手掌说话，就问其中一位："你觉得里面那个出了什么问题，对着手掌自言自语，八成是疯了吧。"

"这些闹事的年轻人，精神都有点儿不正常。"

幺鸡抱着头，蜷在角落，当我进门时候，他叫道："我错了我错了，警察先生，给我一次改过自新的机会吧。"

"史要基，你可以走了。"

幺鸡一愣："你确定我确实可以走了吗？"

我拉他一把，大叫："走了，还不信咋地。"

出来后，我告诉他，警察查找所有他的个人档案，没有发现任何违规痕迹，很干净。

幺鸡骂道："又骗我！"

"我没有骗你呀，连我都不信，但事实如此。"

芯片发出一阵咯咯的奇怪笑声："我摆平了。"

幺鸡说："浑蛋，你怎么做到的？这些数据库，你怎么可以轻易进去？"

小幺鸡说："全靠道上朋友帮助，区区小事，何足挂齿。"

幺鸡说："影帝，别玩儿了，我心脏不好，还骗我！"他捏了自己一把："我真出来了吗？"

16. 芯片兼职特工

我把幺鸡带到博士那儿，希望可以借助侦探社的【超脑黑客系统】，帮助幺鸡清除案底，这对一个马上要知道自己失业的人，至关重要。希望这次的挫折不会给幺鸡带来很坏的个人影响，因为有过拘留案底记录的人，他们在找工作中，简历也将自动被公司删除，这是我所不愿意见到的。

我对幺鸡说："一会儿你少说话，这个是我目前秘密打工的组织。"

幺鸡说："一个人干两份活，不错。这是什么公司？"

我对幺鸡说："侦探社。是一个特工性质的侦探机构。"

幺鸡说："哇哦，不是骗子公司吧，你这样近视 500 度还能当侦探，那我就是福尔摩斯了。"幺鸡有时候除了自大、口臭，和马上要失业之外，心理素质还是很好的，即便自己像土狗，也会装成藏獒。

我告诉博士这个请求，他开始不同意，在我再三恳请下，才勉强同意在身份信息系统里清除幺鸡被抓的记录。

他搜索下幺鸡的身份资料，说："很干净，一点儿负面也没有。"

"这不可能，谁偷偷删除掉这些不良记录的？"

"除非是公安内部拥有信息权限的人，不然，以我们目前的黑客技术，要侵入系统，芯片必须具备百万次每秒的算法，超脑系统还做不到。"

我过去小声问幺鸡："你找了什么内部人删除了不良记录？"

幺鸡正要接茬，芯片抢话："是我删掉的，一根烟的工夫，小菜。"

博士说："刚谁在说话，你的芯片具备人机对话能力？"

幺鸡用手摸了下鼻子，这个动作通常是他用来表达对对方无知的不屑。

"智能芯片不都具备语音对话的能力？老伯。"

"可是，我说的是人机交流，不是语音功能。"

芯片说："老伯，芯片都很会聊天，你出钱够多，我陪你遛早儿遛鸟都行。"

博士大笑："这芯片智能化程度，相当于一个微型机器人。"

芯片不屑说："拜托，不要拿我们和低级科幻小说那些笨蛋机器来比，好不？我会骂你是一只猪的。"

博士一点儿不介意被骂是猪，这只"猪"对幺鸡芯片很感兴趣，问他是怎么得到的。

幺鸡想了下："是有次去智能安装黑市，有位大叔是手机发烧友，他以很便宜的价格转给我。"

芯片说："幺鸡，你这头猪，能不在外人面前说我很廉价吗？"

博士哈哈笑个不停："我有个不情之请，我可否以超脑系统评测下你的运算能力？"

幺鸡说："它？还值得评测？一超过 40 度，迷糊发热，基本是一块废柴芯片。"

芯片争辩道："我不是废柴，只是很长一段时间找不到目标和梦想，我只要在 0 度以下的工作环境就可超马力工作。"

幺鸡说："那你只有去南极或者冰箱里，显露你吹牛的才华。"

博士还是说服了幺鸡。当他把芯片连接上超脑系统，屏幕上字符攒动，屏幕高速滚动，整个系统颤抖式摇动。博士马上关闭超脑系统。

幺鸡很抱歉说："早说您别看，差点儿没有把您的系统也搞坏。"

博士用手巾擦擦额头的汗："你的超能芯片太快了，它刚才用了 2 秒就破解了我的超脑系统，还控制了它，估计这块芯片的运算在每秒 1000 万次以上，是世界仅有可以与邪恶芯片抗衡的超能芯片。"

"哇哈哈，哇哈哈。"幺鸡说，"拉倒吧，我 100 万卖给你，成不？"

"你当真？"

"当真。"

芯片说："我不卖，我只跟幺鸡。"

博士说："这样，我们和你的芯片签个劳务协议，租用三个月，负责我们的间谍特工工作。"

芯片说："不想搞，懒。"

幺鸡说："你们怎么可以绕开我，和芯片谈签约，他没有法人资格。"

博士说："这位先生，先不要插话，我们正谈重要的事。"

博士马上变为温和的表情，对芯片说："这份工作是间谍外加侦探性质，挑战智商，还有钱。"

芯片想了下，问："你的钱可以换成饮料吗？"

博士说："换成饮料干吗，你又不喝？"

幺鸡大叫："娘老子，别老想饮料了。"

博士对幺鸡叫道："你先闭嘴，安静会儿。"

芯片说："我爱上一台饮料机了，您给我钱，我也不花，不如帮我买她的饮料，一天30瓶，这就是最低条件，OK就成交，不然您还是遛鸟去。"

幺鸡叫："你无权和一个芯片签署劳动协议，它不具备法律效力。"

博士想想："这倒是。直接换成你需要的饮料，如何？"

芯片说："哦了，成交！"

幺鸡大叫："你是我的。你是我的。你是我的。"

忽然一个女子的声音："你们都吵啥呢？"

幺鸡回头一看是李春安，他像一只呆鸡立在那儿，怎么熟人总会相见恨晚。

当幺鸡知道李春安和我都同在一家侦探社的时候，他小小的虚荣心开始膨胀了，他找到博士，要求加入猫王侦探社。

博士很干脆告诉他："我们看上的是你的芯片，不是你，谢谢。"

幺鸡很受伤……

幺鸡抓着博士的领子，说："你必须跟我签约，让我成为贵社的侦探，否则你就无权使用我的个人财产——芯片。你让颜桥这种蠢蛋都加入了，脑子浸水的芯片也加入了，凭什么我不行，太伤自尊了。"

最后大家讨价还价的结果如下：

> 猫王侦探社与芯片 MJ790812（花名：小幺鸡）达成劳务合作协议，因芯片 MJ790812 物权归属于史要基（花名：幺鸡）先生所有，猫王侦探社聘用幺鸡先生为特别荣誉顾问侦探。侦探顾问，每月以饮料薪水的形式聘用 MJ790812，不得低于每天 30 瓶的数量，这是一份初步意向合同，双方将达成进一步的深度合作。

幺鸡看到委托书，高兴告诉我："你看，我也是名誉侦探了。"

芯片说："你刚才不是咋呼让我回去。"

幺鸡看了一眼那边李春安说："现在我的梦想是 007。"

他狠狠给我屁股一脚："表妹！你还挺能整。"

我说："侦探工作需要，你理解。"

幺鸡说："现在起，她是我们所有人的表妹。你闪开，我来了！"

幺鸡在芯片上感应出一个大大的半颗红心，从眼睛里发射出去，这半颗红心像气球飘扬而去。这是芯城青年的【感应吻】，芯片"情发于中，而形于外"，假如对方芯片也有感应，也会发出半颗心，最后合成一颗心。但李春安好像全然没有看见那半颗心，她朝外走去，把门一关，扑哧一声，这半颗红心被门夹破。一地碎片，慢慢消散。

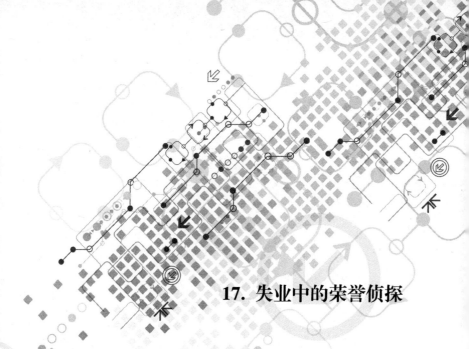

17. 失业中的荣誉侦探

不用说，幺鸡听说自己被公司解聘后，难过了一小会儿。

他开始筹划困难时期的经济过冬，就是赶紧把自己一屋子的饮料处理掉。他用手推车推着一车的饮料，来到公司。人问："您这是干什么？"幺鸡告诉他，因为忽然丢失工作，他不得不处理些饮料救急。假如公司不给他发放补偿，他会把家里所有饮料拉过来，放在公司门口促销。结果中午之前，事务所就把失业补偿发放完毕。

幺鸡这种人，有时也是一个难缠的角色。

更为严重的是，他开始无视春安是我的表妹的事实，当众挖墙脚。用他的话："颜桥是助理侦探，我幺鸡是名誉侦探，找助理侦探，不如找个资深名誉侦探。"他胆子大起来，就开始明目张胆约春安了。

李春安打电话叫我速来，她新购买的投射衣没电了，电池又放在公司，她几近全裸在商场里面溜达。我看见张彬要出去，必须跟踪。只好便宜幺鸡了。

幺鸡听到这个消息，一道鼻血从鼻腔流出，就好像可以把一只海虾生生剥皮，把白嫩虾仁占为己有。他带着投射衣的电池兴冲冲走了。

我去跟踪张彬了，他又去了李约翰的公司，两人还在讨论签署双子座合同的细节，我只好扫兴地回去。在路上正好遇到幺鸡，他垂头丧气，像斗败的公鸡。

　　他见到我就说："上当了！上当了！"

　　"怎么了？"

　　"江湖上传闻的投射衣，不是用透明玻璃纸投射的隐形衣。我一直想，当衣服没电的时候，就是裸体呀。"

　　"这种龌龊的想法，居然还敢说出来，你不是带了一件风衣过去？"

　　"对，我原本想，也只有我配看春安表妹的胴体，所以万一带去电池没有用，我给她披上斗篷，这就是绅士风度。"

　　"结果呢？"我其实只关心他说结果之后的事情。

　　"结果呢，不晓得是谁设计的投射衣，在衣服装备没电的时候，关键部位的玻璃纸都自带马赛克。就是旧人类毛片里的那种马赛克，春安很大方走出来，我看着马赛克，惊呆了。"

　　"现在终于知道你的猥琐了，马赛克比你纯洁太多。"

　　"我倒希望自己是马赛克。女神就说了一句话，留下电池，你可以走了。"幺鸡说，"这个女人的心情随时可以变，上一个表情是万里无云，下一刻就是倾盆大雨。"

　　"你还是别惹猫的心情了，一切都是看心情。没整死你算好的了。"我忽然想起猫的心情，春安估计要把火撒在我身上了。

我刚回到家，李春安就狠狠瞪了我一眼："你怎么找幺鸡来了，尴尬死了。"我像一只准备等待暴风雨的猫：

　　她脱掉外衣，露出里面的投射衣，没电之后，这样的玻璃衣服像毛玻璃那样，一块一块连接起来。她眉毛向上扬起，不屑地对我说："别看了，这是2.0升级版，自带马赛克了，我知道你们小高兴看到我出丑。我就知道你们这些男人，一个个眼神充满失望，眼中有码，心中无码。"

　　"对嘛，有马赛克。"我说，"何况，他又没有干吗。"
　　"他还约我看电影。"春安说，"你知道我不和任何男人看电影，任何。你知道的。"
　　我本来想说，和我一起看也不行吗？没敢问，那个电影院里痛哭的李春安深深印刻在我脑海里。那段故事隐没在海面以下，我很想问，还是忍住了。
　　春安说："有什么话，说呀！"
　　我说："我说了，你可不要慌。"
　　"说！老娘什么时候慌张过。"
　　"那好，我说了，其实，我的眼睛具备穿透马赛克的透视能力，似乎我看到的你……"
　　"你……说下去……"

"似乎……我……看到……你的……身体……"

"你说真的？"她赶紧抢过大衣盖着羞处，"娘的，百密一疏，防着人眼睛，忘了还有一只猫眼了，失策！"她转身要跑。

"你别跑那么快，动态的东西，我看得更清晰。啧啧，身材那个赞……"

她又迅速停下，一脸要发作的表情："无耻！你是不是一开始就看到了，也不提醒我。"

"对呀，和没穿一个样，鼻血都快下来了，你居然搔首弄姿，看个底朝天。"

她羞愧掩面，慢慢挪动："给我闭眼呀，再看，挖了你的钛合金猫眼。"

我看到猫的心情那副窘态，就说："好吧，不玩儿了，骗你的，那么多马赛克，猫眼也看不透。"

她瞪着我："第一次发现你还够坏，为你今天的愚弄，给我一点儿补偿。"

我向后退了一步，捂住领口的纽扣说："你想干啥？"

"榴梿飘飘"水果专卖店，主打榴梿。我知道，每次进来我都是捏着鼻子。

有时你偷过一次榴梿，就完全不想买它了。追的不如倒追的，倒追的不如偷的，偷的不如抢的。女孩儿和榴梿，都是这个道理。

我正准备把榴梿塞进肚子，扎死我了，衣服穿少了，我才记起上次穿了很多衣服，没辙了，只好买了。

　　老板看着我有点儿眼熟，就走上来，朝我笑笑："你是那位春安姑娘的那位吧？"

　　"对呀。"我随口答应。

　　"你肚子怎么了？"他很惊讶问，"上次不是怀上了。"

　　完了，我才想起上次骗老板说怀孕了，放个榴梿你也能觉得我怀孕！

　　"不好意思，我有点儿老花眼。我只是看你走路的感觉很像，总是低着头。"难怪呢，我在想怎么瞎编个理由，让他不怀疑我。

　　"我那个，流了。流产了。"

　　他把嘴巴噘成"O"："我还在想，照时间算，你也快预产期了。"

　　"你有病吗？干吗算人家预产期。"我假装生气。

　　"你别生气，我也想代替我老婆生个孩子，结果没动静，她气鼓鼓自己生去了。"他一脸愁容，"我还想向你打听经验呢，可惜，没啥大不了的。"

　　他把一个榴梿放在我的手上说："拿走吧，刚流产身子虚，女人何苦为难男人。"

　　我带着一身鸡皮疙瘩和大榴梿回去了，转身对老板说："加油！你一定能生个男孩儿！"

　　老板含泪说："一起加油！男女平等了，自己能做的事，就别麻烦女人了。"

我刚进侦探社，博士说："立刻去一趟社长办公室，社长正在发脾气。"

我进入办公室，看了一眼卡通黑猫头像牌子，不知道谁取下一枚钉子，歪歪地悬在那里。

进门看到"社长"高踞在办公桌子上，博士小心把金碗推到猫王面前，猫王喵的一声把碗扫翻，猫粮洒了一地。

博士翻译道："老板对我们的工作进度很不满意，有点儿不高兴。"

我小声嘟囔："满意不满意，全靠你解释。"

猫王忽然转过身，怒目圆睁："喵呜——喵呜——喵喵喵——"

博士说："社长说，他有点儿伤心，看错了你，你的业绩和薪酬不够匹配。"

春安拿出一支笔正在做会议记录，我拍了下脑门儿，这荒诞程度……

猫王忽然不说话了，看着窗外，忽然喵了一声，长长的猫叫，与博士握爪。

博士说："猫王预感，最近我们的工作会遇到前所未有的困难，望各自珍重。"

博士端上三块木质的铭牌，写着我们各自的名字："现在猫王会选出本月绩效最差的一位，扣一半薪水，以示惩戒。"

猫王在桌子上来回走动，用眼睛左右看着我们，最后，他把爪按在博士的铭牌上。

春安说："博士，是你哦。"

博士虽然有点儿意外，还是宣布："由于本人执行不力，自扣一半薪酬。"

用春安的话，别以为猫王只是一只猫，卫斯理在天有灵，正看着我们侦探社的每一位探员，需要对得起侦探这门手艺。

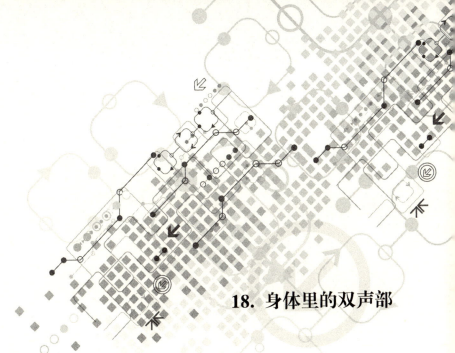

18. 身体里的双声部

李约翰今天会去签署协议，在电子门按指纹后，进入双子座中央控制室，启动红色按钮，双子座芯片就正式运行。

我们准备在李约翰的必经之路截住他，不能让芯片启动。

春安告诉我，看到李约翰的车子，就撞过去，务必拦截住。

当李约翰的车开过来的时候，我设定车子的时速，车子从岔路口冲出。李约翰刹住车子，探出头，看到我的那刻，他脸上出现复杂的表情。春安手中拿着一把黑色左轮手枪。

"下车。"春安叫道。

李约翰忽然迅速倒车，准备逃走，他一路狂奔，冲上另一条小路。春安命令口吻道："走水路。"路边有一条护城河，我按下水陆变身按钮，汽车开进河里，轮胎收起来，变身为一艘汽艇，我们避开车流，朝着李约翰的"小点"开去。

我有一种感觉，李约翰应该认识我。但他会是谁呢？

汽艇顺河疾行，我们渐渐靠近李约翰的车子，猛地冲上陆地，狠狠撞在李约翰的车上，直到车子翻入沟壑之中。李约翰从车子里爬出来。

他用绝望的眼神看着春安，骂道："我对你很信任，没想到你出卖了我。"

春安说："你与我们合作吧，这是唯一可以改变你目前困境的办法。"

李约翰哈哈大笑："我很想和你们合作换取我的自由，可惜，我没办法。我也很想摆脱李约翰的身份，做回自己。可是有时候，一旦你踏进一种游戏，你只是任人摆布的牵线木偶。"

"现在还来得及，双子座芯片要启动，必须要你的指纹和声音。"我对李约翰说，"我们可以在芯片安装前，想办法阻止一切发生。"

"可是你们来晚了，你们想到的，他们也早想到了。我是没有任何生存价值的傀儡，除了吃药，听命令，一无用处……"他看着我们，有一种绝望的哀鸣，"你认得出我吗？"

"你是？"我迟疑地问。

"那个酒吧里抢酒的三个人，你还和我大哥在房间里打了一架……"李约翰说，"我是其中那个小个子。"

"怎么会是你……"我恍然大悟，"你怎么会进了李约翰的身体？"

"一言难尽。我进监狱的时候，忽然得到一个神秘的保释。我本以为可以重新做人，可是监狱的探视间，什么人也没有，桌子上放着一瓶陌生的药瓶，一张纸条，让我先吃下药片……"

他刚要说话，"砰！"一声巨响，我们还没有反应过来，李约翰的头颅已经被炸开了花。我们定睛一看，李约翰整个身体趴在地上，血从脖子处汩汩冒出，手掌心一个圆形的洞，芯片引爆了。

春安说："有人早就盗取李约翰的声音，复制他的指纹，李约翰只是调虎离山的障眼法。"

我说："先去双子座！"

等我们到双子座大厦，已经迟了。双子座芯片控制室屏幕写着：

双子座芯片正在解锁运行

6，5，4，3……

最后一声嘟，整个大厦瞬间透亮，芯片开始控制大厦的一切。

控制室的门被打开，有人已经倒在桌子上，是张彬。他一只手按住胃部，一只手抓住药瓶。我看了眼瓶子里倒出的药片，是疯狂阿司匹林。没错，就是李约翰家里那种。

春安说："来晚一步，张彬也被灭口了。"我把手指放在张彬鼻子下，说："他还活着。"

在侦探社，我们给张彬注射了一种镇静剂，他的身体慢慢好转。

张彬醒来，慢慢睁开眼睛，问："我这是在哪里？"

博士道："你是谁？"

张彬说："我貌似睡了很久很久。"

我们更加疑惑，原来占据张彬身体的"李约翰"去了哪里，怎么忽然消失了。

当事人清醒许多后，他开始慢慢想起一些事情。以下是张彬清醒后提供的一份口供，它可以帮助我们理清整个洗脑事件的来龙去脉：

5月12日（就是SMG大楼芯片损坏前三天），我接到一个陌生电话，告诉我，我老婆和孩子被绑架了。电话声音异常冷静，显然是语音器设定好的。对方告诉我，一会儿去开门，会有有用的消息。门铃响了，响了两声，我打开门，没有人。地上有一个包裹。拆开一看，里面是一瓶没有标签的药瓶和一块语音芯片。

语音和刚才电话里略微不同，是一个女人的声音，也是语音器处理过的，告诉我不要报警，只要听指挥，吃下一片药，然后用我的身体芯片访问一个陌生的地址，就可以看到我老婆孩子的消息。我当时很着急，就照做了，那药片吃起来有点儿甜，一进入那个陌生地址，我的芯片就跳出警告：病毒！可惜已经晚了，提示马上就消失了，老婆和孩子的视频出现了。他们被关在一个阴暗的房间，背景是一幅油画，一个裸体女人躺在床上。画面只停留了几秒钟，就黑屏了。

芯片语音告诉我，唯一保证他们安全的办法就是按照他们的话去做，每天服药，可确保他们不死。我不得不按他们的话做，别无选择。我不清楚他们为何只是让我服药，开始我有点儿担心药物的毒性，可是我的身体没有任何不良反应，我排除了药物的危害。但为何只让我吃药呢？什么事情也没有发生。

直到一天夜里，我睡不着，忽然一个声音在耳边笑道："还不习惯吧。"

我坐起来，看了下四周，没人。这个声音是从耳后软骨发出的，声音低沉，似乎很了解我的感觉。我问了："你是谁？你在哪？"

声音又咯咯笑起来，说："我在你耳边吹气呢。"我感到有人在我耳朵边轻轻地吹气，耳道里呼呼生风，我身边没有人，一个影子也没有。我瞬间一身冷汗。

"你出来，你是谁？"

"我就在你的脑子里，就像开汽车，你坐在驾驶员位置，而我在副驾驶，我就在你边上。"

"你什么时候进来的，快出去。"我尽管很惊恐，但我知道，他一旦进来就要夺取我的中枢控制权。

"我该出去的时候就会出去，以后会有你的新伙伴进来，我会中途下车接个人。"

无论我如何暴怒、恐惧、抑郁，我终究陷入一个黑洞的深渊，又昏睡过去。

我就这样被一个隐形人控制了，每隔一段，就会有人把药物放在我的门口，一旦我停药，我的老婆孩子就会死。可是不断吃这种药，我的意识日渐模糊，很少有清醒的时候。在"睡眠"的时候，我不知道谁在控制我的身体，因为大部分时间我只是很模糊朦胧地感觉到有人说话，却无法听清他们具体说什么。他们窃窃私语，就像你听邻居说话那样。

我记得有一次，脑海里同时有两个声音争吵，一个声音是熟悉的，就是原来搬进我身体的；另一个全然没有听过。他们一个在我的左耳鼓，一个在右耳鼓，隔空对话一般。

"你必须成为张彬，他负责这块芯片的技术研发，我们需要这块芯片。"

"可我离开我的身体，我的身体由谁来料理？"这个声音也很耳熟，但我一下想不起。何况我当时根本无法说话，我只能听别人说，自己却不能张口。

"组织会安排人代管你的身体，你必须乖乖听话，直到芯片安装为止。"

"可这药物对身体有害吗？为何我一吃就嗜睡。我一醒来，发现在另一个人的身体里，这种感觉糟糕透了，我几时可以要回身体。"

"我们找到一个合适托管你身体的人。假如你不放心，我们也可以让你见到自己的身体，不过，你不得对他泄露任何这件事情的信息，否则——"

我又陷入一阵困意，后面说了什么完全不记得了。接下来，药量逐步增大，我的神经就开始疼痛，一旦停止药物就会更痛，我完全被药物控制了，进入冬眠期，像虫子被松脂包裹，成为琥珀。

我睡了很久，身体里两个声音忽然就成了一个声音，我只有一次听到他对着电话说："你只有乖乖听话，不然，你还会坐牢。我们有办法把你保释出来，就有办法再让你进去！"他挂掉电话，开始撕心裂肺痛哭，我不知道他为什么那么难过。

我脑子似乎被征用了，然后我又陷入沉睡，像死火山，虽然意识翻滚，但无力操控身体。我慢慢忘记孩子和老婆，好像他们在记忆里消失了好久。直到最后那一刻，我被胃部的疼痛疼醒，痉挛，那个体内的声音不见了，像一栋宅子，忽然人去楼空，我又恢复了自我意识……

博士说："你是说，你这两个月都不知道自己去哪儿了？"我们还是很难相信眼前是张彬的人格。

张彬说："我有几次能感觉自己身体里有其他人在说话，但我无法加入，然后他们给我吃药，又昏昏睡过去。"

"那你还记得当时李约翰在双子座这个项目上，和你谈了些什么吗？"

张彬抱头苦想："这个项目是他主动找上我，声明双子座的芯片由我们负责研发，但他们有权限改写芯片，当时我没有答应。"

博士说："你觉得会不会因为你拒绝了芯片改写，所以有人干脆采用药物控制了你。"

张彬说："我不知道，李约翰现在人在哪里？我必须和他对质才知道。"

春安说："那个李约翰也和你一样被药物洗脑，他已经引爆芯片自杀了。"

张彬说："好突然。那我老婆孩子现在？"

博士说："其实两个月前，有人已经发现你老婆孩子的尸体，只是他们屏蔽了信息。"

张彬开始控制不住哭起来，我们希望可以让他冷却情绪一会儿。

当务之急，就是要阻止双子芯片启动，因为一旦它运行成功，会有更多人被这种方式洗脑。

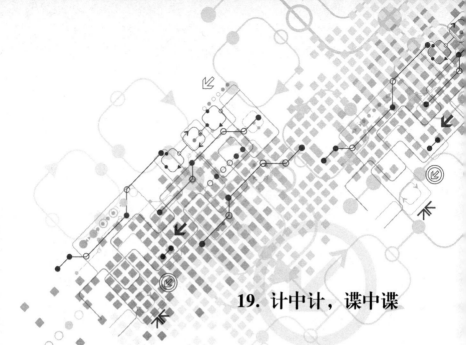

19. 计中计，谍中谍

目前最要紧的事就是尽快潜入芯片，销毁邪恶芯片病毒的感染。

博士决定让春安和刘风进入双子芯片，自然还有张彬，因为张彬是这块芯片的开发者之一。脑机入口只可以容纳三人，所以我不得不待在外面。

我对春安说："要小心。"

她看了我一眼，把手表摘下来，交给我："假如我有事，把我记忆芯片和这块表放入思旧塔。"我点了点头。

他们三人躺在造梦室的床上，开始连接脑机箱，系统进入运行状态，他们的意识开始潜入芯片。这时博士耳朵动了几下，他告诉我："有闯入者，迅速防备！"

一个人朝我们走来，走近一看，他的眼睛我似乎在哪见过。

他一进门，就紧紧抓住我的手，说："是我，我是张彬。"

博士叫道："赶紧扣下他，不要让他接近造梦室，以防有诈。"我正打算动手，这位"张彬"止住我。

"我知道我现在说的你们可能不信，我确实是张彬。数月前，我在停车场忽然被打晕，等我醒来的时候，发现自己在一个陌生的身体里面，而且这个陌生的身体还是一个'通缉犯'的身体。"

"你等等。"我靠近他，把他的头发往后拨弄。当他整个脸清晰在我面前的时候，我认出他就是那天酒吧里三位劫匪中的一人，那个小个子。这么说，假李约翰说的身份是真的？我还在迟疑。

"无论他说什么，都不要相信。"博士在我耳边说。

张彬想了一下，说："你的腿曾经动过手术，左腿短一厘米。"

博士说："这个我也知道，这是常识。你别动，举起手！"他举起手。

我的头都要炸开了，他是张彬，里面躺着那个"张彬"又是谁，孰真孰假？

这位"张彬"想了下："你在医院动的手术，我去签的字，这事只有我知道。"

我看了里面躺在床上的张彬，对博士说："快停掉脑机箱！不要让他们进入芯片，躺在床上的还是李约翰的人格，我们上当了！"

"已经来不及了，意识都已经进入芯片内部。"博士看了我一眼。

"我现在进去。"我连接上脑机箱，"我必须进入，春安有危险！"

"你现在进去会很危险，因为芯片通路超过三人就超载，不够稳定，随时可能断掉。"

我直接躺下，看到博士在所谓的张彬后脑来了一下。

"在没有搞清真相之前，我谁都不信。你进去之后，必须在10分钟内出来，因为这个芯片的带宽只能容纳三人的脑电波。"

我在黑暗的隧道里穿梭。等我在程序世界醒来，发现自己倒吊在"蚁宫"的玻璃电梯上，腿被电梯绳索卡死了。刘风就在我的下方，很小声告诉我："别动，千万别动！"

我们正在几十层高的楼顶上，电梯卡在最高处，电梯的玻璃绳只差一线就崩断，下方就是万丈深渊……

"你先别动，不要挣扎。你伸出手看看能否按住电梯上那排按钮的黄色按键，那是电梯的制动按钮，假如电梯绳索断损，有延缓着陆的功能。"

我伸出手指缓慢靠近电梯的按键板，身体轻微摇晃，我甚至可以感觉玻璃盒子在空中轻微地摇摆，那一瞬间，我内心祈祷：千万不要摔下去。玻璃盒子缓慢地摇晃几度。

我努力伸手接近黄色的按钮，试图按住。

一声崩断声响，整个电梯像发疯的野兽冲向地面，在两侧的玻璃甬道上磨出大量花火。我内心第一感觉：完了，要死在这儿了。

刘风大喊："按钮！按紧！"

那一瞬间失去重力，我感觉自己轻盈了许多，伸出手按在黄钮上。

电梯开始减速，我摔在电梯下，脑袋着地，差点儿疼昏厥过去。

电梯卡在半空中，离地面还有一丈高，似乎我们呼吸略重一点儿，它还将下坠。

刘风说："你怎么来了。"

"张彬是假的。我进来通知你们。"

刘风让我看蚁道，张彬抓着春安到对面去，他们的影子在蚁道的螺旋中运动，慢慢消逝。

电梯的门禁忽然闪出一行字：

请输入李春安 6 月 4 日 电影票的票号_____

"场景随机给出一个密钥问题，可能是根据李春安的意识世界设定的。"

"可是为何是电影票的票号？"我问，"谁会记得自己看过电影的票号？"

"我也不知道，当春安呆滞几秒后，张彬忽然狠狠推了我一把。不知道他如何设定的电梯，电梯门忽然就开了，他抓住春安往蚁道那边走，而我堵死在电梯里。"

"可是，假如我们不知道密钥，就不能走出电梯，这怎么办。"

"连春安都想不出来，我们也不可能知道。"刘风道，"为今之计，只有退出去。"

"怎么退？"我问。

"让电梯从高空高速坠落，脑神经受到刺激引发全身疼痛，然后从芯片逃出。"

刘风说，当他数到三的时候，我们死命跳起来，砸在电梯上，希望可以让电梯飞翔。

1——2——3——

我们张开双臂，高高跃起，落在电梯底部。电梯摇动了下，猛然下坠，火花四射，瞬间将我们摔在地面。我们被瞬间摔成碎片，那些碎片连着脑神经，像针扎全身一样导致我们全身抽搐，口吐白沫。

我睁开眼睛，疼痛慢慢从身体抽走，刘风也刚醒，博士看着我们："张彬脑死亡了。看来，李约翰并没有从张彬身体搬走，他的目的就是绑架春安。"

只有春安像植物人一样躺着，她的意识已经被封锁在双子座芯片里。假如 48 小时内不能救出她，召回她的大脑意识，她将永远成为植物人。

"现在怎么办？"刘风问。

那位绑匪"张彬"，正看着"自己"的尸体，沉默许久。

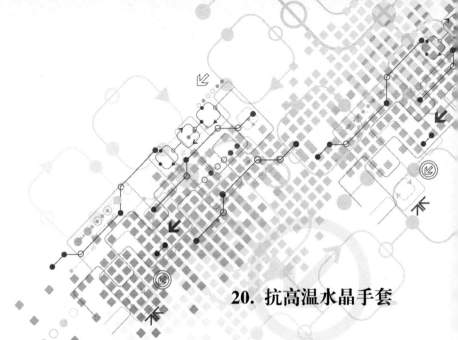

20. 抗高温水晶手套

真正的张彬告诉我们的情形，大约和李约翰相差无几，也是大脑里的隐形小人声音对他们发出命令，然后就是不停吃药。一旦停止药物，洗脑者的意识就会游离，甚至跑出身体。唯一不同的是，张彬在进入葡萄酒劫匪身体前，似乎在一个奇怪城市停留了一会儿。那个城市里的人都似乎在梦游，张彬也不敢肯定那个城市是否存在，也许只是一个梦。

这么说，李约翰占据张彬身体，而张彬占据劫匪的身体，劫匪占据李约翰的身体。也就是说，邪恶芯片不完全是洗脑，而是给这些人重新交换了人格，让这些人的人格发生相互转移。

"还是想不通，这样交换不是很像游戏，完全看不出动机，好像随机分配，像转盘游戏，抓到谁是谁。"博士想不通这样做的动机。

"如今只有破解密钥，才可以到芯片内部一探究竟。"刘风说，"问题是那张电影票密钥如何搞到。"

张彬说："双子座芯片封锁着李春安的大脑意识，必须以这组数字为密钥才能进入访问。"

"问题是在人类大脑里寻找一组简单数据，无异于大海捞针，况且时间不多了。"博士说。

"春安不和任何人看电影，她似乎不太愿意提到这座电影院。"我想起电影院春安哭泣的画面。

刘风犹豫了下："事情到这一步，我只好交代我所知道的一些事。春安曾经的男友金是一名国际刑警，也是我的搭档。在一次看电影中，金在电影院门口发生意外，她一直觉得是自己害死了他，这件事我本来是答应她对任何人保密的。"

我说："车祸，只是一次意外吗？"

刘风说："司机后来去自首了，承认酒后驾车，这事就不了了之了。"

"可是，邪恶芯片为何要把密钥设成春安最后一次看电影的座位号码呢？"

"系统会随机根据联机者的意识世界，选取潜意识影响很大的一组数字，或许这源自潜意识创伤记忆，所以选这组数字不难理解。"

"现在问题是，假如没有春安在场，怎么有办法知道她大脑世界里那场电影的座位号呢？"

"我想到还有一种可能性。那次电影是两个人一起看的，所以假如春安不在，那么……"刘风忽然想起一件事。

"你是说金？"我明白过来他指什么，"思旧塔！"

我问博士："有什么办法可以进入思旧塔，找到金残留的记忆，我们可以在他的记忆世界找到那个电影院，找到电影票，再锁定号码。"

博士说："这种机会太微茫了。你需要在思旧塔几亿【亡灵芯片】里找到金，然后破解密钥，进入亡灵芯片，锁定电影院的数据位置，然后找到电影票的数据因子。亿万分之一的可能性都不到。单是思旧塔的防火墙，目前我们超脑黑客系统就无法攻破。"

"话说得有点儿早。"幺鸡进来，"如果我加入呢？"

幺鸡今天戴着高高的礼帽，带着拐杖，看起来很福尔摩斯，除了脸不像。他把领结拉了下说："我说的不是我，是我的芯片。"

芯片说："我可以在6秒左右破解思旧塔的防火墙，10秒左右找到金的记忆芯片，3秒内搜索到电影院的数据存储位置……进入电影院之后的事，靠你们了。"

博士叹了口气："我忘记有你的存在，以后这种事可以很轻松解决了。"

芯片忽然害羞说："不过，我有个致命弱点，只要芯片温度过高，运算能力就直线下降，最后成为小幺鸡。"

幺鸡说："娘老子，老子难道成了愚蠢的代名词？"

博士说："我有办法解决芯片过热的问题。我有一个孪生弟弟一生致力于设备降温技术的研究。他对降温手套的研究最近有新的突破，研制出的抗高温的水晶降温手套，可以对1000度高温瞬时传导，带走热能。"

博士从柜子里拿出一个特质的盒子，打开，一只水晶手套出现在我们面前。在阳光照射下，它发出柔和迷人的光泽，映照出幺鸡张成O字形的嘴巴。

博士让幺鸡戴上水晶手套，告诉芯片："你用自己最大速率运算，看看手套的导热性能如何。"

芯片发足马力，幺鸡的手掌上出现红色的波纹，光芒在掌心扩散，就像石头在湖面激发涟漪，能量扩散到水晶手套之外就迅速消失。幺鸡面部表情轻松，手套功能一切正常。

"芯片瞬时运算速度可达每秒5000万次，你恐怕是邪恶芯片外最聪明的芯片。"博士很肯定说。

幺鸡忽然很气馁："这么说，我一直把你当废柴芯片是看走眼了，以后就我一人是废柴了。"

芯片说："别难过，我不会瞧不起你的。虽然你很没用。"

"娘老子，嘚瑟个啥。"

博士说："接下来就看你们的了，思旧塔的布局都在图上，绕开安保系统，不要让人发现。"

刘风说："我查过思旧塔的布局，必须从东侧的思旧室进入，系统每8分钟审核一次我们的身份，必须在8分钟内出来，否则就会被永远锁在里面。"

芯片道："我最快可在20秒帮你们找到电影院，你们在7分40秒内，找到电影票，记下座位号，不然，提前预约墓地网址吧。"

21. 血色电影票

思旧塔里存放着数以万计亡灵芯片，八个思旧室构成八卦的布局。我们去的是最东边的"坎"，因为这里保安最少，最易拿下这个机房。

我们偷偷靠近一个保安，在后脑勺敲一下，这家伙就不动了。三人潜入机房，刘风掏出脑机箱，开始连接思旧室的中枢接口，一边则连上幺鸡手掌的芯片，芯片迅速运行。幺机掌心出现红色的旋涡，慢慢旋转。一会儿，屏幕出现：

Please Come In Mr. Jin

刘风道："可以进入金的亡灵芯片。幺鸡把风。"

芯片说："只有8分钟。务必要快。"

我们穿过幽暗的隧道，外面下着蒙蒙的细雨，这是一条唐人街，前方是电影院的正门，上书：美丽剧院。金色的浮雕字体，很耀眼；招牌是旧式的上海电影海报，这就是春安陪金那次看电影的地方。

刘风说："剧院有两个入口，我们分别进门，带着金的照片，按图索骥，地毯搜索，假如没有找到，影院东侧出口是最容易和可能找到的地方，因为车祸现场就在那儿。"

"那为什么我们不直接去东侧，等他出现，反正他一定会从那里出来。"

"因为我们只有 8 分钟，车祸具体时间我们无法确定。假如现在离车祸时间超过 8 分钟，我们就等不到他。我们要确保万无一失。"刘风是一个思维缜密的人。

我看着金的照片：留着平头，眼睛很大，右边脸颊上有一道细小疤痕。这就是春安无法忘记的那个人，忽然有一点儿嫉妒。

我和刘风冲进电影院，兵分两路，在人群里找目标。我拉出其中一个样子很像他的人，拿着照片对照，他慌张地问我"你要干什么"，我一看不是，迅速推开。

忽然整个剧院黑了，一切都看不到了。忽然又亮了，大概有几秒钟，一切又恢复了。

我冲进放映厅，大叫："查票，在座位别动。"开始他们还以为我是打劫的，因为我太凶了。

我发现我态度不够好，便喊道："有位金先生吗？外面有人找。"三位举起手来。我拿着照片一比脸，Fuck，都不是！我笑着说："也许搞错了。"

我冲出影院，正撞在一个人身上，是刘风。

刘风说："西边找过，没有。"

我说："我这儿也没有。"

"那，快去东侧出口。"

我们朝着东侧门飞奔，中途，瞥见一个穿着缎绿色连衣裙的女子的背影，惊鸿一闪。好像是春安。

我被刘风催促走到东出口，一群人围着，糟糕，车祸已经发生。

刘风道："那是车祸的肇事车。"

他正指着车，车子撞人后疾驰到10米外的大桥栏杆，一半汽车已经在大桥外面，悬空。

"别追车，先找人。"

我们赶到马路中央，金趴在路上，周围一切景物瞬间都静下来，人也静止不动，雨也停了，天上云也不动了，死一般沉寂。血从金的嘴里慢慢涌出来，他慢慢闭上眼，天忽然黑下来，这是他生命最后一刻的记忆截图。

"快看看身上有没有电影票！"

我在西装内侧的上衣口袋，摸出一张带血的电影票。我刚要掏出票，一阵风刮过，电影票随风飞扬起来，我跟着电影票快走。那张票翻滚飞扬，飘到那座桥的上空，然后像雪片翩翩落下。马上就要飘落河里，我集中视力，看到不停翻转中的电影票数字：18……17……18……我只能努力集中视力，最后，电影票落入河中，慢慢吸水，沉下，只留有一点儿血迹在河水里，扩散。

18排18号。

密钥就是……

糟糕，另一张票在春安身上，是17还是19呢？

刘风对我说："快走，来不及了，出去再想办法。"

时间回溯到6分钟前——

幺鸡带着水晶手套，一个保安在外面巡逻，幺鸡把手的位置放低些。

芯片说："麻烦你把手的位置摆高点儿。"

幺鸡说："人家看到我很奇怪举着水晶手套，像个2B自由男神。"

芯片："放低了，散热不好。"

保安进门，看了一眼屏幕上的头像，问："你是来祭奠谁？"

幺鸡假哭道："这是我奶奶。"

保安忽然露出疑惑不解的眼神："死者是男性。"

幺鸡说："哦，这是我奶奶年轻时候的情人，我代表奶奶来拜祭下，他活好，人也不错。"

保安说："你爷爷不介意吗？"

幺鸡说："我爷爷和他是哥们儿。"

"你们这一家人际关系够复杂的。"保安用手戴正帽子，逼视幺鸡说，"你撒谎吧。你到底是谁？语无伦次。"

幺鸡反手用水晶手套砸在保安面门上。保安应声倒下。

芯片说："赶紧连上线，里面场景切断电源了。"

"对不起，对不起。"幺鸡连忙给保安盖上一层布，这样外面看起来貌似在"思旧"。

这是刚刚场景忽然黑了几秒钟的原因。

我和刘风醒来，三人赶紧逃离思旧塔。现在，要重新杀回双子座芯片里去，春安还困在里面。

现在最大问题是我们只搞到一张电影票座位号，金的电影票是 18 排 18 号，春安会是 17 号还是 19 号？博士说："重新回去，只有一次输入机会。"

22. 幺鸡奶奶之校园别恋

博士告诉我们，当他按下开关，我们的意识，将通过超脑系统直接进入双子座芯片。

一切随机应变。我们睁开双眼的时候，蚁宫就在我们的面前，进入电梯，屏幕弹出：

请输入上次的密钥：＿＿＿＿＿＿

我脑海里数字在 17 和 19 之间挣扎……

一次我和春安在开会，起初我坐在她的右边，有人给我们拍照，她看到照片后，忽然起身，坐到了我的右边。我望了她一眼，她告诉我，不习惯任何人坐在她的右边。是不是我当时的状态引起什么不愉快的联想，金应该坐在她的右侧，她坐金的左侧。所以按照此前得知美丽剧院座位平面图，座位号是沿着门口往里侧降序排列，她应该是 17 号。

我深呼吸了一口气，用颤抖的手输入密钥：181718。电梯门开了。

玻璃廊桥出现在眼前。刘风说："之前我们进来过，玻璃廊桥效仿蚂蚁的路线，有什么办法让密钥路线呈现？一旦走错一块玻璃，我们会从楼顶摔下去。"

芯片说："这个我来搞定。"

我们面前的玻璃廊桥忽然亮灯了，玻璃分为蓝红两种。

"沿着蓝色的玻璃砖走，一定不要触碰红线。"

我们三个人小心翼翼地在高空爬行，就像几只蚂蚁，曲曲折折地走着。幺鸡看了眼下方，坐下来说喘口气："不行，我恐高。"

芯片说："你们快些，马上指示路线就要熄灭，到时就麻烦了。"

就在我和刘风顺利通过廊桥时，指示路线就灭了。幺鸡还有三块玻璃砖没有走完。

幺鸡伸出的一条腿悬在空中，到底踩在哪块砖上？A或B，还是C？幺鸡说："这下怎么办？这是把头放在刀口上。"

芯片说："叫你快点儿，磨蹭什么。这每3分钟变换一条路线，即时动态的，现在只有赌博了。"

"只差三块砖，我赌一下。"幺鸡咬紧牙关，"救命哪，我不想动了。不动就不会死吧。"

芯片说："这里程序是3分钟更换一次，即使你站立不动，一会儿也会掉下去。"

幺鸡说："动也是死，不动也死。只好动了。"

芯片叹口气："你真是废柴，要拿鞭子，你才动。"

幺鸡深呼吸一口，脚还在犹豫踩哪一块。

芯片在眼前打出每块玻璃砖的危险概率：

　　A 99%　B 67%

幺鸡脚落在一块危险概率比较小的玻璃砖上。没动静。欧耶！

接下去，只剩下最后一步。幺鸡叹口气："这和用左轮枪指着脑袋，玩儿子弹游戏有啥区别！"

他又踩了一块，双脚小心移在一起。欧耶！

芯片说："加油！就差一块了。"

最后一块了，幺鸡擦擦汗。我和刘风看着他小心翼翼地，很不理解。

我问："那个谁，只差三块了，为何不跳过来？你的芯片是机器思维，你也真够蠢的。"

幺鸡打了自己一耳光："娘老子的，就差三块砖了，我直接跳过去就好了。"

芯片说："哇呀，那是作弊，只有人类才作弊。"

幺鸡说："兄弟，作弊也是一种智能，学着点儿。"

我们顺利抵达主楼，幺鸡手掌的芯片发出红光，水晶手套让芯片迅速降温，可以看到白色的雾气，慢慢升腾，消散。手套正慢慢融化。

幺鸡说："手套化掉之前，必须找到春安，时间不多了。"

"推开哪一扇门？"我问。

芯片道："无论你推开哪扇，系统都会根据我们的意识经验，设置虚拟场景。"

"真的吗？"幺鸡找最近那扇门，是一扇铁门，像某机构的大门。

幺鸡推开门，门口一排梧桐树，中央是一条安静的林荫道，空气里弥漫淡淡青草气味。

我们进入的是一座古旧的校园，路边广告牌写着：1995 年，中国。

幺鸡说："好家伙，这貌似是上世纪1995 年，旧人类的一所学校。"

小幺鸡对虚拟场景扫描："这是一个由六层算法程序加密的虚拟网络场景，是上世纪的一所中学校园，程序密钥很可能是【声音密钥】，我正在试图破解声音文本的具体内容……"

幺鸡说："好样的！如果能查出用谁的声音作密钥，就更好了。"

芯片说："已经破解系统声音密钥可能文本内容，但不知道是谁赋值加密的，且无法判断是采样谁的声音加密，声音密钥内容初步范围锁定为：1. 你死翘去吧！ 2. 我也爱你！ 3. I Hate You！ 4. 哇—靠！"

"这是哪个作死的密钥，这些话都是谁说的，都不像正常人说的话。"我叹气说。

"第一句好像是我奶奶骂人的口头禅。"幺鸡说。

"你奶奶真够文明的。死就死了，还要翘一个给她看。"

幺鸡说："这个加密风格，和我很像，同道中人。我曾经引以为傲的是给我银行卡采用声音密钥——吱吱吱唧唧吱吱吱唧唧吱吱吱唧唧唧唧吱吱，够复杂了吧。后来，一群耗子把我银行卡给咬破了，钱没了。"

芯片说："这个记忆场景很可能就来源于幺鸡奶奶的亡灵芯片，只是被邪恶芯片修改过。"

刘风看着中央大路林荫道，一辆自行车迎面而来，忙说："有人过来了。"

虽然场景世界任何的人都不是真实的，只是程序因子，但这位扎马尾辫的女孩儿，骑在一辆很大的二八式自行车上，行驶在林荫路上。幺鸡很快就认出来，这是年轻时候的奶奶。

我们眼中跳出弹幕：

　　林玉美，22 岁，在读学生。正处于恋爱期。2046 年去世。育有一子一女，一孙。

"那个是我嫡亲奶奶。"幺鸡吐了口唾沫，他着急的时候总是这么不卫生。在2046年，随地吐痰将面临鞭刑处罚，同时拘留三个月，但这也拦不住他。

刘风说："那是你奶奶？声音密钥很可能就是她的某句话……"

幺鸡马上冲上去，拦住单车，说道："奶奶，留步，请留步。"

女孩儿赶忙下车，问："你叫我什么？"

幺鸡说："时间不多了，我就单刀直入，好吧，我是你孙子！"

女孩儿说："啊？？？你说什么？"

"现在可能你还不知道我是你孙子，但不久将来，我会变成你孙子！"幺鸡已经语无伦次，"你活着的时候，我对你不够好。一见到你，就很想对你说，奶奶，我爱你。自从你中风瘫痪后，我不该忽略你，我很怀念你给我讲小木屋的故事，很怀念家里的老槐树，很怀念你做的槐花饼。我知道我说的这些，你都无法知道了，即使对虚幻的程序分子说几句，我也心安一点儿……"

林玉美说："同学，你说什么鬼？"

幺鸡说："我说，我——爱——你，请你礼貌性回复我如下：A. 我也爱你！ B. 你死翘去吧！ C……"

林玉美说："你往那里看，100 米左拐，向前 50 米，就到了。"

幺鸡说："干吗？"

林玉美说："医院，精神科在二楼，不谢。"

幺鸡说："奶奶，我真是从未来世界来的，虽然这是你记忆的镜像世界，也是你意识塑造的赛伯空间。对了，我屁股上有一块黑胎记，一会儿给你看。虽然我妈估计这会儿还不知道在哪个染色体里休假，就是你未来儿媳妇，也是后来和你相依为命的，因为你生了一个猪狗不如的孩子，也就是我爸……"

玉美骑车要走，幺鸡按住车头，玉美怒目圆睁："神经病呀，你！"

"选项里没有这句。"

"你死翘去吧！"啪的一声，清脆的耳光响彻校园。

幺鸡按住脸，嘟嘟嘴巴："实践证明，'你死翘去吧'不是密钥。很显然。"

小幺鸡说："很显然，你这样方式，就算被打成猪头，也逃不出场景。"

幺鸡说："我在2046年被欺负，以为到了1995年就可以当老大了。很显然，我错了。"

小幺鸡说："很显然，你的愚蠢可以超越时空，从未被超越。"

幺鸡说："咱们不要讲相声了，时间不多了。"

时间还剩下5小时7分36秒，在这个场景里，我们只有6小时的虚拟时间，折合到外部世界，就是1小时。必须尽快找到声音密钥。

刘风说："初步判定，声音密钥是和你奶奶有关联的人，最大可能就是你奶奶。但不能胁迫程序里的人说出任何一句密钥的话，否则，系统会判定为无效。"

我说："那怎么办，等待程序里的人自愿说出这些句子，根本没有时间。"

小幺鸡说："进入场景深处，去校园溜达。根据我的运算，密钥很可能是某个场景的人物对话随机截取，这种手段很高明，我们根本无法依次采样场景里所有人的对白，因为时间完全不够。所以预先评估密钥哪几个人的声音可能性最大，这很关键。密钥很可能取自幺鸡奶奶或和她有关的某几个人。"

我们在旧人类的校园里溜达，那时候，还没有手机，同学们愉快地交流，人和人之间最短的社交距离，只是一个微笑。班级里摆着一台公用的电脑，台式机，界面是 Windows 95。

幺鸡笑了："估计 2046 年随便一块身体芯片的运算能力，都等于10 万这样的电脑。呵呵，真够原始。"

小幺鸡说："你不知道，你就是 2046 年的 Windows 95，有什么可得意的。"

我指着班级门口的一块海报板说："晚上大型话剧演出《2046 年的爱情》，主演林玉美。"

幺鸡跟着念道："主演林玉美，颜大路。颜大路，这个名字怎么那么熟呢？"

"那是我爷爷的名字。"我淡定地说。

芯片调用资料，出来弹幕：

颜大路，校队篮球队员，高大英俊。林玉美曾与颜大路短暂恋爱，无果。

幺鸡说："无果，哦吼吼。"

刘风说："密钥就是话剧里的对白，混进话剧场去录音是最好的办法。"

芯片说："这个办法在录音上是不可行的。我调用了话剧剧场的平面图，即使我们在第一排，距离舞台上的人有 4 米，必须距离【密钥手表】1 米内说话才可以破解密钥。"

我们手上出现一块闪动的密钥手表，芯片说："由于程序世界的场景都拥有大量加密算法，我们手上的密钥手表，会抓取你周围 1 米之内的声音，或者扫描相关的密钥物品，当密钥正确时，手表就会发出红光，带我们离开场景。"

刘风说："有什么方式可以让我们进入舞台中央，近距离去录音呢？"

幺鸡说："那就只有自己是话剧里的角色了。"

小幺鸡说："你这次倒是说对了。"

我们远远看着一个人背包走着，幺鸡说："他就是颜大路？怎么看，也配不上我奶奶。"

我叹口气："主要看气质，你不懂的。"

幺鸡瞪我一眼："无果，吼吼。"

芯片说："你们都闭嘴。现在唯一办法就是把颜大路先行隔离，我可以采用程序麻醉枪，隔离程序因子，又不让母体程序发现。"

我手上出现一把手枪。我问芯片："你是让我干掉我爷爷，以他的身份混进剧场？"

芯片说："对的。反正你们模样差不多。"

幺鸡说："颜桥，我有个不情之请，你一定要答应我。"

我说："没好话，不答应。"

幺鸡说："让我来摆平你爷爷。替我爷爷把我奶奶的初恋干掉，这对我很有意义。"

我说："好吧，我爷爷让你干掉一次，满足下你的虚荣心。"

幺鸡端着麻醉枪，靠近我爷爷，大叫一声："颜大路，哪里走，看枪！"

我爷爷操着一口山东味普通话："水呀（谁呀）？"

一回头，哧的一声，--只针扎在肩膀上，我爷爷瞬间晕死过去。

话剧马上就要开始了。我开始穿戴一种自带天线的帽子，一身银白色的宇航服，幺鸡一边帮我整理衣服，一边嘟囔："2046 年在他们眼中就是这样的，我们家门口的充气娃娃都比这有科技感。以为戴着蜗牛样的帽子就是 2046，打算接受什么外星射频信号吗？"我让他闭嘴。

我问小幺鸡："一会儿就上台了，台词怎么对付？"

芯片说："你随机应变吧，台词要是我能搜索到，要你们干吗。"

我在舞台边上，林玉美穿着一身银白色的宇航服，含情脉脉。

"你准备好了吗？"

"准备得差不多了。"我随口一句。

"你普通话好很多，没有山东味了。"

"还是你教得好。"

"我没有教你呀。"

"我是说，你说话真好听。"我脑海里回忆起我爷爷的音容笑貌，他最著名座右铭："吃榴槤的女孩子，都是妖精变的"。

"我收到一封信，没有署名的，上面是空白，是你写的吗？"她的脸有点儿红，我拆开信，她很惊讶，但是还是让我拆了。

玉美同学：

颜大路给你写的三封情书都是我代笔的，我就是怀才不遇的影子枪手。

我叫幺大鸡，另一个"大鼻子情圣"。

一切潜流终将流向大海，每一扇面朝大海的窗户，定会春暖花开。

影子爱上影子，世界是你在我心的那个倒影，抑或，倒影才是真实的，世界才是虚构，抑或，倒影是倒影衍生出来的倒影——

满脑子都是你，想勇敢告诉你，你喜欢的那个颜大路的才华，是我的！

You Belong To Me.

像他这样无赖，十个字能写错九个，哪里知道什么朦胧派诗歌。

哪里知道什么陀思妥耶夫斯基恋上卡夫卡，还有我深爱的海明威琼瑶金庸……

帮他写了三封情书之后，我决定不干了，从幕后走到台前，我的世界只缺一个你，如春风十里遇见你。

校门口的小木屋。等你。

夏启春安

            大鸡敬上

我念不下去了，林玉美看着我，也许她早就看过这封信。

我说："这是我为话剧准备的一些素材和对白，自我虚构出一个影子作家。当有一天我再也没有现在的才华，必须雇用影子写手，于是有个虚构的影子作家帮助了我。而那时，你会喜欢我的帅气，还是我的才华？"

她说："假如我说喜欢你的帅气，显得我很庸俗；假如我说只喜欢你的才华，显得不够真诚。"

我说："文艺女青年都是这么说话的？"

她说："好啦，信你啦，真没有影子写手这回事？"

我说："我穷得铃儿响叮当，哪有钱请枪手。"

她深情看我，然后说："该上台了，才子。"

我说："你去吧。"

她说："不，是我们一起。"

我们在一座 1995 年的校园剧场里面，舞台缓慢升起。据说那年头电视里最流行的就是升降舞台，你脚底板没有踩在升降架上，都不好意思说自己在舞台表演过。

林玉美瞬间坐在地上，高声咏叹调朗诵：

> 哈姆雷特，你去了 2046，不，这不可能。
>
> 你的仇人不是他，
>
> 你的仇人是浩瀚的时间，
>
> 是苍老的岁月，
>
> 是无尽的怒火，
>
> 还是我一个冰冷的表情，
>
> 在黄昏时候你视力最弱时候，
>
> 我是一只恋爱未遂的犀牛。

哎，校园时代文艺腔，像雾像雨又像风。

我看到舞台下的人翘首以盼，都等着我精彩的台词，我爷爷从来没有告诉我，他年轻时候演过话剧，当过诗人。我忽然想起匿名信那些话，我开始瞎编了。

奥菲利亚，时间列车咆哮向前——

一切潜流终将流向大海，

每一扇面朝大海的窗户，终将春暖花开。

爱上你，就像影子爱上影子，

世界是你在我心中的那个倒影，

或者，倒影才是真实，世界才是虚构，

或者，倒影是倒影衍生出来的倒影呢？

当我不讲人话的时候，场下掌声雷动，幺鸡和刘风都着急了，赶紧让女主角说密钥呢，快点儿呀，时间不多了。我马上话锋一转：

奥菲利亚，我无数次告诉自己，

就像黑夜向往白天，

就像黎明驶向夕阳，

就像雨滴滴在卡夫卡的墓碑之上，

一点一滴，一滴一点，

都是爱的音符。

　　褪掉一层层岁月，

　　隐掉一圈圈年轮，

　　剥掉一次次暗恋，

　　雪地上留着那个字的鳞爪——

　　我——爱——你——

　　这句还是上台前那封信背后的诗歌，估计对方是用写诗歌的草稿写匿名信，顺道显摆下自己的诗意。我就等着对方说出密钥，暗地祷告：快点儿快点儿。我手腕上的密钥手表，一旦密钥正确，它将会发出红光，带着我们脱离这个场景。

　　她忽然安静下来，对我说："我也爱你！"我看了下密钥手表，没发光。这句完了。

　　她看着我，眼睛里充满柔情蜜意。我知道，那句台词不是对角色说的，是对我说的。

　　忽然场下站起来一个人："他在说谎！你这个骗子。颜大路！"

　　一个人站起来——

　　我是你的影子写手，

如果没我的才情，

你只是一具尸体。

颜大路，

我亲爱的兄弟！

你就是那个吃了安眠药，

又责备闹钟没叫醒你的人。

奥菲利亚，

如果你爱那个灵魂，请你向左；

如果你只爱那具皮囊，请你往右。

大家以为这只是一种舞台对白。这个人到底是谁，我很纳闷。

幺鸡转过去，迅速转回来说："My God，那是我爷爷。"

幺鸡的爷爷和幺鸡一点儿也不像，更加颓废，像深度毒瘾患者。

刘风说："赶紧进行声音采集，没准是你爷爷说的哪句话就是密钥。"

幺大鸡吐了口吐沫，大叫一声：

I Hate You

I Hate You

I Hate You

幺鸡对刘风说："这句也没戏了。"我在台上很尴尬，玉美也很尴尬，好在下面观众以为我们只是演戏。现在就剩下最后一句密钥，但这句是什么人在什么情境里说出来的，一切都毫无头绪，我们进入最危急的时刻。

剧场门忽然开了，我的爷爷颜大路晃晃悠悠走进来，幺鸡看了一眼说："糟糕，麻药用少了，程序因子开始反扑，快拦住他。"

刘风说："已经来不及了，他已经进来了，一旦阻挡，就会引起周围所有程序因子的警觉，程序会自动更换密钥，到时我们就更完了。"

幺大鸡说完这些正打算往外走，两人正巧撞在一起，幺大鸡醉醺醺地对着颜大路说："I Hate You."他忽然好像发现什么，转过身看到舞台上站着另一个一模一样的"颜大路"，幺大鸡转过去转过来，来回看了三次，说了一句："哇——靠！"

那一刻，颜大路正巧抬头，看到舞台上有一个和自己一模一样的人，用手掴了自己一巴掌，大声说了一句："哇——靠！"

台下观众纷纷转过来，台上台下的两个颜大路，像一对孪生兄弟，观众异口同声发出啧啧赞叹："哇——靠！"

我手上的密钥手表发出嘟嘟声音，头顶上一个尖尖的画外音：

密钥已验证，您可以安全离开场景。

最后那一瞬间，舞台开始下降为密道，原来下一个记忆之门的入口在舞台下方。我进入后，回头告诉颜大路想了很久的话："以后躲着榴梿一点儿。"没等我爷爷问为什么，我们已经消失在密道里。

台下掌声雷动，这话剧，科技感太赞了。

林玉美走到舞台下面，塞给幺大鸡一张纸条，幺大鸡展开看，写着一句话：

　　校门口小木屋一见，才子。

刘风说："没有想到，这一关的声音密钥是这句话。"

芯片叹了口气："我们一开始就犯了最致命的错误，这个程序的密钥是由幺鸡爷爷说哇靠，引起颜桥爷爷说哇靠，最后启动众人整体说哇靠，属于嵌套递归程序。一开始我们就麻醉了颜大路，还好他醒了，不然，这个程序会永远失去密钥最关键部分而无法递推，我们将卡死在场景里。"

幺鸡说："应了旧人类的一句俗语——重要事情说三遍。可是假如我们不麻醉颜大路，就不会看到两个颜大路，那么'哇靠'这句话就不会产生，如果颜大路不说哇靠，我们又如何通过程序呢？"

芯片说："用你脑子是想不明白的，这叫莫比斯环悖论，像一个无头无尾的迷宫。总之，我们低估邪恶芯片，它比我们想象得聪明。"

幺鸡问："你对我爷爷说了什么？"

我说："没什么。"

幺鸡说："无论你说啥，都不会改变历史。"

我说："我只是好奇在你奶奶记忆世界里，我爷爷是怎样的人。"

但我忽然想，无论后面故事如何，幺鸡的爷爷会说"雨滴滴在卡夫卡的墓碑上"，而我的爷爷只会说"吃榴梿的女孩子都是妖精变的"。

这么看，我爷爷真是输了。输得很惨。

23. 四面朝内的房子

我们进入第二层场景，一栋别墅就在面前。

　　芯片扫描得出："这是中央芯片的第二层程序，依然会出现我们其中某个人很熟悉的记忆画面或者片段，注意随机应变。"

　　我们看到别墅前有一个男人抱着女人大腿，跪在地上，苦苦哀求："请你不要这样，再给我一次机会。"

　　"为什么你不经我同意，就把我的猫送到孤儿院？"

　　"我只是对猫过敏，有点儿不适应。"

　　"不适应？你换条狗回来，几个意思？"

　　不用说，这个男人，就是我。大家看着我，我脸上热辣辣的。

　　"我们不该在人家跪着的时候闯进来，对不住！"幺鸡要显示自己挖苦的水准。

　　"额，都是往事，跪着代表一种尊重。"我辩解道，"你们忽略。"

　　女孩儿把别墅门关上，我趴在门边哭。我忍无可忍了，走到"自己"面前，给了他一脚。他站起来，问："干吗？"我挥手一巴掌，献给

2040 年那个懵懂的自己，一声清脆耳光。

我告诉他，一个字：贱人，滚！

哎，不必再用程序麻醉枪了，我已经把贱男赶走了。

芯片说："你不必急于赶走他，密钥很可能就在这栋房子里面。"

"在这房子我住了两年。"

"所以你还要委曲求全，继续贱一会儿，这是唯一可以通过这个关卡的对策。"

我只好代替程序因子，继续跪在门口，哀求："周雯雯，你开开门好不，我东西落里面了，你可别乱动我什么东西呀。"

不说这句还好，她开始在楼上往下面扔东西。看来我是留不下了。

幺鸡叹口气："看来这个世界，贱男都是无师自通的。"

一会儿周雯雯出来，把最后一个包扔给我，说："颜桥，我们不能继续了，就这样。"

她正要关门，我用手挡着门："再给我一天爱你吧，就一天，好吗？24 小时，1440 分，86400 秒。"

"你走吧。"

"只有 86399 秒了……"

"走吧。"

"86398 秒……"这一招我屡试不爽，那种时间流逝感会让 99% 的女性心中升起一丝怜悯。生物学家说，那种怜悯来自母性。

"你走吧，说好了就不要回头。"

"86388秒……"

她看着我，说："好吧，你明天必须走。天亮就走。"

我说："好，可以把你打包带走吗？这是我最珍贵的。"

周雯雯说："不行，快收拾，少油腔滑调。"

我们这个时代，吃软饭这行业，很艰难。我示意外面的刘风和幺鸡赶紧潜入别墅，门哐当一声，关上了。

周雯雯丢下我们，跑去楼上了。这座别墅和我那年住的内景完全不同，全然陌生。别墅分为上下两个楼层，有一点儿哥特古堡的感觉，甚至有一点儿阴森。

芯片开始扫描别墅一切："这是一栋四面朝内的房子，无论你怎么朝外走，最后都会回到屋子里。"

刘风说："这个场景，无限递归，离原点越远，就越靠近原点。"

幺鸡说："你们说啥，好难理解，走走就知道了。"

他打开门，往门外走，在外面关上门，我们出现在门"外"边。

"怎么我又到里面来了？"

刘风说："你朝反方向走走试试。"

幺鸡往相反的方向走，在门的那一面，迎接他的还是我们。

芯片说："无论你通过任何一扇门出去，本质上你都是通往房内，无限递归。就是说这栋房子，根本没有路径通往外部空间，一旦你进屋后，就被封锁在密室内。"

幺鸡说："我们无法逃离这个密室了吗？"

芯片说："只有找到屋内密钥，才可以离开。2 个小时的密室逃亡游戏，快找吧。"

我们开始搜索，一方面还要尽量避开周雯雯，不能让她知道我们的动机。别墅内任何物品，都有可能是场景密钥。为了稳住周雯雯，我的任务是陪她聊天，先把这个女人引到二楼公馆。

幺鸡和刘风开始在楼下疯狂地搜索。地板上松动的砖头、墙体上有无机关、灯泡可否旋转、柜子后面有无暗门、抽屉里有无暗层……

幺鸡看着客厅里一幅旧人类文艺复兴的油画，是一个丰腴的裸体女人躺在床上。幺鸡用手在油画上抚摸，忽然看到一枚钉子突出来，很扎眼，就用手碰了碰钉子。那瞬间，油画里的裸女开始转身，从背对姿势变为正对我们。

"哇哦。"幺鸡饥渴地舔了下嘴唇。

"这叫【360 度无死角油画】。不是密钥。"刘风看了一眼。

幺鸡欣赏片刻，说："好大，还是转回去，不能专心工作了。"

他按下暗钉，裸女又转过身去。

幺鸡在一座喷泉下面发现一块旧铁牌，铁牌上有一圈神秘的符号，三个箭头分别指向其中三个符号，那种符号像洞穴里的岩画记号。

"这好像是一种神秘的密码系统，先记下吧。"刘风说。

"我很想知道你为何要离开我？"我还在楼上拖延时间，实际上，

2040 年那次分手，我痛苦了很久。周雯雯没有告诉我分手的理由，单为一只猫和我分手，显然是站不住脚的。

"没有为什么。你为何要弄懂每段感情的缘由，来了就来了，走了自然就走了。"

"可是，这两年在一起的时光，你总要给我一个理由，分手理由。"

"没有理由，快收拾东西。"周雯雯显得不耐烦。

周雯雯是一位医科大学的学生，人很爽利，我们是在聚会上认识的。那时候，我还有女友；而她，已经谈了十几个男友。她见到我说的第一句话就是："死了死了，我把车钥匙掉门口水沟里了。"

我二话没说，就到门口，把手伸进冰冷且臭气熏天的水沟里，捞了半天，才捞起钥匙。我递给她，她见到钥匙，捏着鼻子躲开了。她转了下眼睛，说："不是这一把，这把是人家的，我的可能还在下面。"

我又捞了一个多小时，终于又捞起一把，我的手都开始冻得颤抖。

她拿到钥匙，二话没说，就扔进水沟，叹了口气："钥匙是我故意丢进去的，下面应该还有几把，这游戏不好玩儿了。算了，你的考验通过了。"

我那一瞬间，差点儿想把她掐死。但千金小姐就是这么任性，她的表白也很直接：I Want You. 那时，前女友也正和我闹分手，这样，我们才"好"上的。

幺鸡给我的密钥手表发了私信："你把她搞下去，我们要上去搜。"

我对周雯雯说："你能给我最后做一次晚餐吗？还是怀念你做的菜的味道。"

周雯雯说："好像，我每次做菜你都要挑毛病，哪个细节顺序错了，没什么愉快的。不过，你这么说，我去做。你知道我心很软的。"她看了我一眼，下楼去。

幺鸡和刘风在我们下楼后，迅速上楼，书房里挂着一幅骑着一匹红马的男人的照片。刘风把相框翻开，一个保险柜出现墙体后面，他叫道："找到了。"

幺鸡看到保险柜的密码盘和普通的完全一样，就问芯片："你可以智能破解保险箱吗？"

小幺鸡说："这个场景世界加过密，我无法介入深层程序，帮不上你们。"

幺鸡说："那只能硬着头皮试错了。"

刘风说："你这样不行的，人工破解需要几万次试错。"

我轻轻推门进来，小声问："你们如何了？"

幺鸡指着保险箱："就卡在这个保险箱里，没办法找到密码打开。"

我巡视房间里的一切，这个房间显然和我记忆里的房间有很多细小的区别：

首先，书架上的书顺序被动过了，那本《圣经》显然有人取出来又放回去。我拿出《圣经》，翻开，就看到一句画线句子："神说，要有光，就有了光。"我抬起头，目光锁定在头顶的吊灯上，吊灯是用很长的绳子从天花板上拉下来的，奇怪，这灯怎么没有灯罩。

"你管它有没有灯罩。快想办法开保险箱！"幺鸡很着急。

"你们还是没懂我的意思，一般卧室装饰灯都是有灯罩的，可以缩小照射范围。这灯只有单一灯泡，孤零零的，角度略微倾斜。"我用手指比画，"而且正对着保险柜，像是专门照射保险柜的光源。"

刘风走到灯下，头顶上就是那盏灯，便问："它开关在哪？"

幺鸡说："赶紧想办法，别管什么灯了。"

刘风摸到墙上开关，一开，说："再看看。"

我抬起头，看着灯泡发出幽幽的光芒，我和刘风异口同声："紫外灯。"

幺鸡看到表盘被灯照射，周围出现一圈奇怪的密码符号，说："快看快看，出现了一堆密码字母。"

"我们刚在楼下喷水池上看到的一圈神秘符号就是这种字母，三个箭头指向就是密钥。"刘风很肯定。

幺鸡一拍脑门儿，骂道："干你老母的程序，赶紧开。"

刘风按照喷水池铁牌的提示，根据箭头指向三个符号依次拨动密码，咔嗒一声，保险箱开了。里面放着一个红色的首饰盒，打开看是一枚蓝宝石戒指，发出淡蓝色的光。

幺鸡说："耶！找到了！欧耶！"

刘风看手腕上的密钥手表，没有变红。这枚戒指不是密钥。

幺鸡沮丧："找了半天，破译半天，居然不是密钥，把时间都浪费掉了。"

刘风说："虽然这枚戒指不是密钥，但一定是很重要的道具。"

周雯雯推门进来："我给你做了大餐。"她看到我们几个人，定在那里，问，"咦，这是谁？"

我手里正拿着幺鸡塞给我的首饰盒，一时间不知道如何处理，就顺水推舟："这些是给我打包东西的司机，他们打算把这里属于我的东西拉走。"

周雯雯说："你撒谎！这里没有几件东西是属于你的，你还打算带卡车来拉呢！他们是谁，为什么到这里？"她掏出一把手枪，对着我们。

我跪了下来，掏出首饰盒，打开，把戒指轻轻给她戴上，说：

"亲爱的，知道怎么解释你都不会相信，这枚戒指，是原本想跟你求婚时的订婚戒指，一直没有机会送给你，现在什么都晚了。为了这枚戒指，我借了很多钱，这些人是债主，我也不知道他们怎么闯入这儿，我也是走投无路呀。你们都冲着我来，不要为难周小姐。"

我要演戏的话，一定当上影帝了。

周雯雯放下手枪，说："这个谎言比上个好，至少，我挺感动的。戒指收了，人还得走。"女人无情起来，比宝石还要坚硬。

门口传来一阵敲门声，周雯雯说："糟糕，我爸来了，你们赶紧躲起来。"

幺鸡说："你还有爸爸？程序也拖家带口。"

芯片说："我扫描到一个更厉害的预警程序，来者不善，凶多吉少。"

周父穿着鹿皮靴子站在别墅门口，这就是周雯雯的富豪爸爸，他看见戒指戴在周雯雯手上，便问："屋里的客人，你们都不要躲了，都出来吧。"

我们三人不情愿走出来，周父用鹰一样的眼神看着我。

周父说："这就是你说的那个不务正业的同居男友？"

周雯雯说："对，很快就不是了。"

周父说："替我送客。"

我说："等等，我们是自由恋爱。"

周雯雯说："我原来是打算送走，可是几分钟前，他告诉我他早就准备好订婚戒指，我又心软了。爸爸，你还是给我们一次机会吧。"

周父说："雯雯，我开车过来的，拐杖落外面车库，你去车库帮我拿回来。"

周雯雯一走，周父立刻换一种腔调，低沉地问："你们是异类程序吧？"

芯片说："你有自我意识，你不是程序因子，难道你就是邪恶芯片病毒？"

周父哈哈一笑："被你们猜中了，本来我不该出现，但是你们违背一条虚拟世界的法则——程序世界任何数据，不可私自赋值。"

幺鸡说："你在说什么鬼？我们听不懂。"

芯片说："我把他说的机器语言转为大白话，这个世界里的任何物品，并不属于你，你不得声称是自己的，以个人名义送给程序世界的人，这样就相当于私自赋值，懂吧？"

幺鸡说："就是说，程序世界不能偷，偷了还说是自己的要送人。"

"程序世界里分子拥有一件东西，就叫赋值。把数据分配给内存空间，这样这个数据才属于你。"芯片给我科普了机器语言。

周父说："我把雯雯支出去了，戒指也跟着出去，她一旦出门，就无法回来了。"

我说："你好卑鄙。"我们正说着，周雯雯走了过来。

幺鸡说："切，吹什么牛。"

周父问："怎么，你还没有走？"

周雯雯说："我没有去车库，我还是想不通一些事，为何这个戒指，我好像在哪见过？"

我连忙说："雯雯，是这样的，这枚戒指是你爸爸的，他让我送给你，就是不希望你离开我。"我又开始破坏程序世界规则，胡乱赋值。

雯雯疑惑看着爸爸："爸爸，不是你让我和他分手的吗？你为何把我像牵线木偶一样操控，要和就和，要分就分。什么都你说了算。"她哭着要离开。

我终于搞明白，当年要雯雯和我分手的人，是她爸爸。

幺鸡大叫："人可以走，戒指留下。"

雯雯后退一步，眼泪流下来："你们都骗我，我不想再理你们了。"

雯雯冲出门去，我需要赶紧截住她。我紧跟着冲出去，我们前后脚跑出门。她在踏出的瞬间不见了；而我冲出门，又循环到屋内。她就像走了抽屉的暗层，瞬间去了另一个地方。

周父看着我们说："程序是闭合的，你们只能永远在程序的死循环里。"

芯片说："你不要高兴太早，你为了加密数据，把【程序因子】调用出去。她现在就藏在 1024 个房间中的一间。"

周父说："对，外加每个场景还有 1024 种变换方式，就是

1024×1024 种可能。"

芯片说："所以我们根本来不及去【**数据寻址**】，找到那个密钥数据在芯片的哪个存储器上。"

幺鸡说："活见鬼，你们像两个程序员在聊天，说的什么鬼机器语言。"

周父说："我是说，你们输定了。"

芯片说："虽然周雯雯走了，但是屋子内一定有什么道具可以把她召回来，这是程序一早设定好的，她必须先出走，才能回来。"

周父道："你比我想象要聪明，时间只剩下 15 分钟。"

我们三人开始寻找能把周雯雯召回的道具，到底是什么呢？

我看到客厅有一部电话，就说："电话呀，这么大一个道具，怎么没有看到。"

刘风说："有电话，我们要打什么号码呢，我们不知道存储器序列号，寻址就很难。"刘风也是被它们传染了程序员说话的毛病。

幺鸡说："完了，她把戒指带走了，没有这个戒指，就无法得到下一步密钥物品。莫非，这是一个假道具，用来迷惑我们注意力？"

周父摇了下头："你以为芯片和你们人类一样。在这个密室场景里，任何道具都是有用的，我们不会设置单纯假道具，那是人类干的事。"

"找到一本电话本！"刘风兴冲冲跑出来。

幺鸡说："几百个电话号码，你打算都打一次吗？没时间了！"

我翻开电话号码，用眼睛搜索上面的细节。人类和机器的区别就是，人有时是靠直觉思维感知世界。比如看到电话本，机器马上会将所有电话号码等量齐观，全部试拨一次；但人类只会依赖直觉寻找几个最常用的电话号码。电话号码本上，有几个号码字迹模糊，显然是手指造成的压痕，说明这几个号码经常拨打。

一共三个号码有压痕，我看了一眼周父，他额头上冒出冷汗，我确信这个思路是对的。

幺鸡看了下手表，说："还有10分钟。淡定。"

我拨了最模糊的那个电话号码，问："请问周雯雯在你家吗？"

我挂掉电话，不是。排除。

开始第二个，幺鸡看了下水晶手套，慢慢往下滴水，手套已经变得薄如蝉翼。

第二个也不是。时间过去5分钟，只剩下5分钟。

周父说："你就这么确定这几个号码里一定有可以找到周雯雯的？你们放弃吧。"

我打通第三个电话，电话本上只写闺蜜，是手写的号码。一个似乎熟悉的女人声音，雯雯就在她家。

门开了，周雯雯带着一个闺蜜回来。她叫雅琳，就是我认识雯雯前的那个"前女友"。

我看到，周雯雯手指上没有了戒指，光秃秃的，戒指去哪了？

刘风对我说："你看，蓝宝石戒指不见了。"

戒指不见了，我们最后找到密钥的希望落空了。而那个"闺蜜"，是我的前女友雅琳，电话号码本上却只是写闺蜜，这是为何？周雯雯道："雅琳劝我，先搬出去住，好好反思的。"

雅琳见到我，很尴尬，只是朝我微笑一下。我也朝她笑笑。

她们上楼取东西，我忽然看到雅琳手上有一枚很大的红宝石戒指。

雯雯没了蓝宝石戒指，雅琳却多出红宝石戒指。

芯片和我几乎同时想通了，我们大叫："抓住雅琳，那个红宝石戒指才是密钥。"

雯雯经我的提醒，才注意雅琳的戒指，问："爸爸，这个戒指不是你的吗？我看见你戴过。"

我们三人冲到楼上，两个女生吓坏了，到处躲藏。我冲上去，雅琳害怕地用手挡住，说："别追我了，戒指你拿走，对不起，我想你知道了。"

我取下戒指，密钥手表还是没有亮。

苍天！我们就永远在现在的密室里了吗？

周父看着我们，一脸轻蔑的表情："1分钟，你们要输了……"

只有 1 分钟不到的时间，我们必须找到密钥迅速逃离。我从楼上跳下来，扑倒周父，刘风抱住他的腿，大叫："给他戴上戒指！"

幺鸡抓住他的手，狠狠咬上一口，骂道："让你不让我戴。"

他把戒指戴在周父右手的无名指上，时间马上就要到了。3秒、2秒、1秒——

场景上空发出：

密钥验证正确，您可以离开密室。

周父忽然不见了，房子开始摇晃，迅速成为碎片，只剩下我们在空地上。

芯片说："从计算机程序思维看，这叫双重密钥，用 A 换取 B。其实蓝宝石戒指作为道具，就像钓鱼的鱼饵，必须让周雯雯先行离开密室，因为只有她有自由出入密室的权限。鱼饵只是为了引鱼上钩，而这个闺蜜手中红宝石戒指才是真正密钥，蓝宝石钓到红宝石，最后把戒指物归原主（赋值），密钥就可生效。"

幺鸡说："戒指原来是雯雯父亲给的，好巧哦。"

芯片说："侦探来看这件事，现实版本故事可能是这样的——周雯雯的父亲喜欢上颜桥的女友，为了拆散他们，就安排自己女儿和他相遇，与此同时，自己暗地追求雅琳，雅琳劈腿了，主动和颜桥分手，而失恋里的颜桥也自然与周雯雯好上了，周父达成目的后，再次要求周雯雯和颜桥分手。

"周父和雅琳玩儿交换戒指的游戏，因怕女儿发现，悄悄把雅琳的那个戒指锁在保险柜，却不小心被我们偷到。雅琳看到周雯雯戴的一枚号称以颜桥名义送的戒指，居然和自己交换出去的那枚戒指是一样的，满腹狐疑，自然就跟着过来查清原委，情急中她忘记摘下周父给她的红宝石戒指，这枚红宝石戒指真正主人就是周父，雯雯无意中一句话，泄露这段秘密的情史。"

我插嘴道："你们的推理只是想象冰山在水下的形状而已，真相恐怕只有当事人知道。我也不想追究了，我当初也有错。"

幺鸡说："有谁会把自己女儿送入虎口，这真是禽兽做的事情。不过，一看雯雯换男友跟走马灯一样，她爸爸估计她迟早会把你踹了，才出此下策。"

芯片补充道："在虚拟世界只是演绎事件的可能性，或许这个事情是会发生在多重宇宙里的一个。但显然我们生活的这个宇宙，颜桥之前没有发现往事里的这个小秘密。"

我喊道："有时我反倒希望永远不要知道不该知道的秘密，因为世界已经够乱了。"

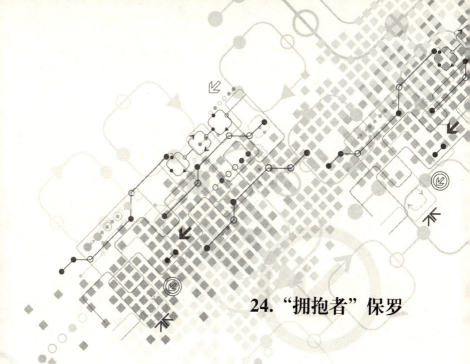

24. "拥抱者"保罗

我们推开一座红木雕漆的大门，眼前还是那座电影院，不过这次，我们进入的是春安意识世界的那座电影院。

　　影院里人来人往，电影马上就要开始了，片名是：《拯救大兵瑞恩》。这是上世纪旧人类很古老的一部电影，据说为了救一个士兵而死了一堆人。这次我们也是几个人冒着生命危险去程序世界深处，拯救李春安。

　　幺鸡说："还是美丽大剧院，这下好办了，那张带血的电影票准是密钥，没错了。"

　　芯片说："这不是在金的记忆世界里，这是芯片根据李春安当时在电影院看过那场电影的脑海记忆碎片整合换算而成的影院场景，可能和金的记忆世界有诸多差别。你们上一次进入影院也是这种情形吗？"

　　我说："上次，我们进入金记忆世界的电影院，金并没有进入放映厅，而是中途离开。影院东侧忽然开出来一辆车，金被撞倒，很快就死亡。电影票在他西装内侧衬衫口袋里，只有一张，带有血迹。在他死亡那一刻，场景里一切都静止了，逐渐转入黑暗状态。"

芯片分析道："很显然，邪恶芯片的病毒程序不会那么轻易就让我们得到密钥。在这个程序世界里，我们不能让金死去，首先必须避免那场车祸发生，这是获得密钥的先决条件。"

幺鸡说："我们为何要阻止已经成为事实的记忆？"

芯片说："程序世界里，就像多重宇宙，我们只是演化事件的无穷可能性，但并不能改变历史。在这个场景里出现的李春安，很可能就是李春安的大脑意识，也就是我们需要拯救的，必须让她意识到自己不是一个程序，这样她才可以在无限循环的程序链条里脱身出来。"

我说："我该怎么让她从程序链里脱身出来呢？"

芯片骂道："这个问题要是我都知道，我一个人可以干完你们所有人的活，赚很多饮料给由美。老实说，我也无法猜透邪恶芯片下一步想什么，它为何要在程序虚拟世界里囚禁李春安，这也是我始终想不通的地方。"

刘风插话："先不说这些，我们只要在电影院东侧蹲点儿，等待男主角出现，然后在车祸之前，救下他，拿到电影票，这是最务实的办法。"

三个人来到电影院东侧，在电影院的走廊里，我看到了李春安。上一次李春安穿着一袭缎绿旗袍，这次却穿着一身黑色长裙，把头发高高束起来，显得清爽可人。

李春安在那焦急等候。这时来了一位神秘男子，朝李春安走去，李春安看到他的一瞬，脸上表情瞬间凝固。他们貌似讨论些什么，又像争吵什么。那名男子开始拥抱春安，李春安推开他，男子又靠近。她的身体语言似乎在拒绝他，最后，他拥抱了她一下，不舍地离去。

突然，整个电影院陷入一片沉寂，所有人都定格在那儿，连屏幕上的影像也静止，到底发生了什么，世界变为凝固态？

幺鸡跑进来喘着气说："东出口门外的马路，没有发现金。"

刘风跑过来："西门外发现一辆车，金已经被撞倒在地。"

幺鸡说："怎么人跑到了西门？太诡异了。"

小芯片说："这说明邪恶芯片正修改双子芯片的程序，我们将要面对真正意义的挑战。"

幺鸡说："世界定格，是不是我们已经输了？密钥游戏就此 Game Over。"

芯片道："这个场景，理论上只可重启两次，我们还有两次机会。"

幺鸡举起手臂，水滴开始顺着手臂流淌，博士提供的低温水晶已经被芯片热度融化成水滴，幺鸡向上伸展手臂说："化得真快。"

芯片说："目前战术是有问题的，我们不应该把焦点放在寻找金的车祸地点，因为邪恶芯片可以把车祸现场放在任何位置，你永远预测不到它将在场景里哪个点，主动权完全在它。"

我问："有什么办法可以让金不走出电影院？这样汽车就撞不到他，他可以活过来。"

幺鸡问："那关键在于搞清楚是什么原因让金走出电影院。"

刘风说："春安曾告诉我，她的前男友保罗在看电影那天忽然出现，要与她复合，两人发生肢体冲突。金看到后，有了误会，生气离开影院，就在门外被一辆汽车撞倒。那次车祸后，春安很自责，觉得是因为自己的缘故，害死了男友，也是因为这个，春安才放弃国际刑警的工作。"

幺鸡说："原来是这样，怪不得很少听到春安提起以前的事。"

我想了下："我们必须阻止保罗靠近春安，我之前看到他拥抱了下春安。"

刘风说："我去东边盯梢，看着车子，你们阻止保罗。"

幺鸡说："保罗这孙子交给我了，小菜一碟。"

我们来到放映厅的门口，我四顾一看，春安去哪了？

幺鸡用手捅了我一下："快看，保罗来了。"

我抬头一看，哇——

五个保罗肩并肩，穿着鲜亮的橙色西装，齐刷刷地排成一排，雄赳赳气昂昂地走来。

"娘老子的，保罗是个五胞胎，穿得和消防队一样。"邪恶芯片改写了内部程序，保罗现在像蝗虫那样多。

"快堵，别让保罗靠近春安！"

"糟糕，春安去哪里了？"

我进放映厅一看，大喊："幺鸡，快进来。"

幺鸡进来一看："哇——靠——"尽管这句密钥上次已经用过了。

春安正安静坐在 18 排 17 号座位上。糟糕的是，整个电影院都坐着橙色西装的保罗，朝我们邪恶微笑。

芯片道："邪恶芯片已经修改这个场景里所有程序因子，万分危急，别让拥抱者保罗抱上春安，不然就全完了。"

我叹口气，说："当整个世界都想趁机拥抱你女人时，我们唯一能做的事就是——带着她，快跑！"

我们像跨栏选手一样，翻过影院的椅子，踩着椅背飞向春安的座位，我单腿侧踹，放倒一个保罗，他像机器一样僵硬做出拥抱的姿势，然后身体紧绷，慢慢后仰放倒，瘫软在地上不动，碎裂成程序世界的"字符串"。

上勾拳，击倒一个摇摇晃晃的保罗

下勾拳，擂倒一个手持冰淇淋的保罗

左侧踹，踢飞一个手捧着鲜花的保罗

右后踢，踹走一个抱着爆米花的保罗

旋风腿，轰掉一堆虎扑熊抱的保罗

扫堂腿，扫倒一堆跃跃欲吻的保罗

欲盖弥彰的保罗、尔虞我诈的保罗

一往情深的保罗、纠缠不清的保罗

色胆包天的保罗、垂死挣扎的保罗

一个保龄球

全部轰然倒下

若干保罗

幺鸡用水晶手臂，狠狠砸在保罗身上，水晶手套裂成几瓣！

幺鸡对芯片说："这下，水晶手套不能用了。"

小幺鸡叹了口气说："命该如此，希望接下来的高温世界，我能扛住！"

幺鸡说："都怪我，哎。"

芯片说："快处理保罗，就当洗桑拿了，热不死老子的。"

幺鸡一个360度无死角的扫堂腿，扫倒四个保罗，外加飞身侧踹，击倒骨牌状倒下的保罗，前面保罗倒下，也把后面保罗一个摞一个放倒。

春安发现影院一片混乱，大量保罗扑面过来，她慌了。

我把春安拉住，告诉她必须躲开保罗。

春安看着我，问："你是谁？"

我说："难道你想不起来，我是谁？"我反身一肘，砸在后面抱着我的保罗的鼻梁。

春安说："我为什么要知道你是谁？"她完全想不起我，怎么让她意识到自己不是一个庞大世界的程序因子，而是一个活生生的人呢！

边上一个保罗手捧鲜花，对春安说："春安，是我呀，你留学时的男友，保罗。"

春安要上前收下鲜花，我连忙阻止："不能收！"

春安挣扎出我的手，问："你管呢，不认识你，离我远点儿！"

我上前把保罗重重一推，保罗沿着影院的楼梯滚下去。瞬间，无数个保罗就像植物大战中的僵尸咕咕地冒出来。

我拉着春安一路狂奔，尽管她不太情愿。

我用温暖的眼神看着她："你正在程序的虚拟世界里，现在的你只是大脑的意识的化身，你的身体还躺在外部世界里，连接在机器上。"

春安不假思索说："我觉得我生活的这个世界就是外部世界，根本没什么内部外部，世界不就是这样的吗？"

"你不觉得这个世界，你每天做的事情都是机械性的、重复性的，不断循环，你看同一部的电影，遇到同一些人，不停清零重复？"我试图引导她自我意识的苏醒。

她看了下周围的面孔，忽然自言自语："对呀，为什么我每天遇到的人都是一样的，为什么我所有生活都发生在电影院？"

"你觉得这样的世界正常吗？"

"可是，你的世界里，生活难道不是无休止地重复吗？你每天过得不一样吗？"我被她问住了，我的生活也是重复重复。

她陷入程序世界太久了，自我认知已经置换成另一个世界的法则。

这好像是一根筷子插入水中，折射的世界里，筷子是歪的，你是按照折射的倒影去修正世界的认知，还是按照真实世界的筷子去想象水中"笔直"筷子的样子？水中筷子和空气中的筷子谁也说服不了谁，因为现实和梦境只是名称不同，现实在梦境里看，也只是梦的倒影。

我发现说服无力的时候，只能轻轻拥抱过去。这是我无助时候的身体语言，紧紧拥抱她，像一只温暖的猫。她问："这个，在你的世界叫什么？"

"在我们世界，已经很少有这种行为，人们叫它'拥抱'。人类有四肢，双手努力伸展，只可以囊括极有限的空间，这是一个人努力所能触碰的全部世界，就像一个隐形的房间。"

"那你为什么要把我装进你的房间？"

"每个人都带着这个隐形的房间，就像两个圆圈彼此相交，就像两个房间互相嵌套，才能彼此慢慢穿越对方的身体。"

在程序世界里，我们无法拥抱对方，只能彼此穿越对方的身体，像两种液体互相渗透，穿过，然后独立。我拥抱她的身体，每一寸都柔软。一瞬间，我们身体叠加，就像两个房间成为一个房间。

"我的房间不能装下你，你没带钥匙呢。"她忽然看着我说。

"我一般都是偷偷进女孩儿的房间，走的时候，会把门关好的。"

"这么说，当彼此房间都装着对方的瞬间，拥抱就完成了？"

"对的。"我开始在她脸上，轻轻吻了一下。她像一只小鹿本能后退了一下，问："这是什么？"

"这个，你们世界，也没有吧？"

"没有。"

"那就好办了！"

　　现在我的世界成了一只猫，弓背紧绷，我轻轻把嘴靠近她，像靠近一只饮水的小鹿。我感觉不到她胸前手部的阻力，于是胆子更大一些，又靠近点儿，小心试探性用上嘴唇"点"碰了下她的上嘴唇。她身体无明显后闪，头部无后仰，这下我放心了，将整个身体靠近，像藤蔓靠近、靠近——像盖章一样精确对上"火"。同时警觉周围产生的任何动静，随时准备像猫儿那么撤走。你知道，感觉敏锐的人接吻，需要如此多道烦琐的工序，一点儿细节也不能乱。

　　我闭上眼睛，像草地上有一条寻找山洞冬眠的蛇，慢慢、慢慢找到山洞的入口，两个山洞对接在一起，那条蛇亢奋钻进山洞，蜿蜒盘旋，不停调整自己的位置，挣扎一会儿，碰到对方山洞也忽然钻出一条蛇，但这条蛇并不想蹿到我方山洞，她在嘴窝里努力挪动了下就不动了。我的蛇也慢慢安静下来，沉睡在那个山洞里。

我们接吻的那一刻，远处火山喷发，气浪喷向太阳，太阳被灰蒙蒙雾气遮盖，只看到一片灰光。

她推开我："这个叫什么？好无聊的行为。"

"这个在我们时代也已经快绝迹了，它叫吻。用嘴巴盖在喜欢的东西上面，留下一个印记。假如是双方互相盖印记，则叫接吻，像两个深海鱼类，在海底互相交换氧气。刚才那一吻，叫深海长眠，就像你在大海深处沉睡，我让你慢慢苏醒，想起自己遗忘的世界。"

"我真的沉睡在另一个平行的世界？"

"也许你的世界，我无法证明它是假的，但我的世界，有拥抱和接吻，你可以去看看。"

"万一，你的世界才是我的梦境，怎么办？"

"你只要想想，现在生活对你的意义。"

"意义？每天和男友一起看电影，买电影票，等人，看电影，然后……然后遭遇前男友——遭遇门口一次车祸——悲伤，绝望，然后又开始新一轮买电影票，忘却上一次悲伤……我一直以为这就是我的人生，熬过悲伤，忘掉伤痕，继续生活，又遭遇伤痛，我无法左右。我的生活，没有任何意义。"

"你可以左右，你只是在自己意识世界里。就像翻书，当你意识到自己是独立的，你就可以把现在生活翻过去。"周围场景不停切换，我们正在春安的意识世界深处，她必须从程序牢笼中解放出来，让她感觉到自己不是程序，而具有独立的自我意识。

春安闭着眼睛："我每天看的电影都是一样的，生活就是流水线，等人、车祸、意外、悲伤、买票、等人、意外、悲伤……"

她忽然惊叫："对呀，我怎么会在这个机械的生活程序无限循环，我是独立的。"

她终于苏醒了，我拥抱她，开心说："你终于醒了，在程序世界里你循环太久了。"

她看了下放在她肩膀上的我的手，说："等等。我刚干吗了？"

"没干吗。"

"奇怪，我怎么梦见自己和一只猫在接吻。"

"呃，只是一个梦吧。"

她忽然收住微笑，猛然给了我一耳光："你知道这耳光是给谁的。"

"你知道了还装。"

"我喜欢，要你管。"

"你赶快现出原形吧。"我忽然收住笑容。

她眼神里的最后一丝温暖燃烧殆尽："你怎么看出来的？"

"刚才和你拥抱的时候，我看到你脖子上没有那颗绯红的痣。"

"这么小的细节都被你发现了，我早先就点了，动了一个小手术。"

"还有，李春安从不说我喜欢，她喜欢说一切看心情；李春安拥抱一个人，不会搂得那么紧，因为你越亲密，越暴露你在刻意配合我。"

"你知道太晚了，我把你的春安放在一个你根本找不到的地方。"

她的声音变为男声，她脸上出现怪异笑容，慢慢像金属液体融化，渗入地面。

幺鸡跑过来，问："春安呢？"

"这是邪恶芯片幻化的春安，真正春安还在电影院。"

我们跑回放映厅，那些保罗黑压压坐满了电影院，每个人脸上都充满完全不同的表情。

"这下完了，蝗虫一样多保罗，怎么找春安？"幺鸡叹口气。

我视线穿越这些黑压压的保罗，一个保罗正在皱眉，一个保罗打了一个呵欠，还有一个保罗正在织毛衣……我的视线扫过一排保罗，停留在一个抱着爆米花的保罗身上，他单手搂着爆米花桶，昏昏欲睡。

我走过去，他看了我一眼。我把他搂过来，狠狠亲"他"的嘴巴。

幺鸡张大嘴巴："哇，这个口味重……"他转过身去。

边上一个保罗看到我正在和这个保罗接吻，就问："同志，你可以亲亲我吗？"

"不可以。"我把他推开。

我的嘴唇遇到保罗，他面孔慢慢变为春安，睁开眼睛："我这是在哪里？"

"在你该在的地方。"我坚定看着她，"出去说吧。邪恶芯片以为把你藏在人群之中，我们不会注意到那个抱着爆米花的你。你抱着爆米花桶，就像托着炸药包那样笨拙。"

"我从不吃爆米花，这是一种幼稚的膨化食物。"春安抓起爆米花桶里的爆米花，一口气，把它们吹掉。

她反手给了我一个耳光："不解释。你知道你刚才干了什么。"

"难道吻醒睡美人的王子就得到这个待遇？"我捂着脸。

"好吧，这一巴掌是替爆米花打的，你太粗暴了。"

幺鸡看着我们，耸了耸肩："有时你之所以得到爱情，只是在人家不敢下嘴的时候，足够勇敢罢了。"这话只是自言自语。

幺鸡从影院出来，脸上挂满了彩，忙问："春安，密钥就是电影票，我们赶紧去堵截金。"

李春安从口袋掏出电影票，问："你们是要这个吗？"

刘风从外面跑进来："车子没有来，也没有见到金。程序细节全改变了。"

芯片忙说："赶紧在密钥手表里插入票根，时间只有几分钟了。"

我在密钥手表插槽里插入电影票，场景上空声音播报：

　　密钥已通过，请进入下一个场景。

幺鸡骂道："这还有下一道关卡，有完没完了。我的手又开始燃烧一样灼热。"

水晶的液体已经被芯片烤干，幺鸡手变得红通通的。他恢复最常用的一个状态，不停给自己手掌吹气，像对待一串烤串。

刘风说："我们必须赶到下一场。入口在哪里？"

幺鸡说："就在影院电影票指示的座位下。"那排座位自动翻转，出现一条密道入口。我们进入通道，打算进入下一层程序场景。

"春安，你要去哪？"春安回头一看，是金。

刘风说："密道就要关闭，不要再管金，或许这是邪恶芯片的阴谋。"

我对春安说："别留下！"

密道出口的座位翻转，就要关闭洞口，春安犹豫了一下，跑出去，我也跟着跑出去，只听背后幺鸡大叫："别出去，没有密钥，你们会被困在这里。"

我们退回影院那一刻，金脸上出现一丝蒙娜丽莎般的笑。

25. 幽灵之城

后来，我从幺鸡嘴巴里听到的故事大致是这样的：

刘凤和幺鸡见到我们被困在上一层程序里，只好继续往下一层走。

幺鸡从隧道里爬出来，手掌红得和酱猪蹄一样。

芯片声音变得微弱："核心温度过高，可能随时热断片，假如 NG，请你们一定坚持住。"

幺鸡说："保存体力，但愿这是最后一道关。"

芯片说："我们已经进入到双子座芯片的中枢，邪恶芯片病毒就在里面。清除病毒，就可以让双子座芯片恢复正常。"

他们眼前是一座庞大的城市，烟囱里冒出黑色的烟，和现实版芯城全然无差别。这个场景貌似没有边界，像一座克隆的芯城，在这样的场景里找密钥，就像在大海里找一根针。

幺鸡忽然哭起来："娘老子的，什么场景不好，偏偏是和现实世界一模一样，害得老子想回家睡一会儿。"

芯片说："我忽然有个想法，去找博士，再要一个水晶手套，或许有用。"

幺鸡说："这样也行，场景里的装备可以替换现实装备？"

芯片说："类似所谓安慰剂，至少有点儿作用。"

他们按照熟悉的城市路线进入"猫王侦探社"，博士正坐在那里。

幺鸡大叫："博士，水晶手套破裂了，你这还有吗？"

博士推了下眼镜架问："你们是谁？"

芯片说："糟了，这里的城市时间，还是博士没有认识我们的时间段。"

博士说："对不起，我不认识你们，请马上离开。"

幺鸡说："颜桥你认识吧，你家的探员。"

"探员？我们这不招人。"

"李春安，漂亮正妹，胸很大，屁股很翘，你认识吧？"知道的会觉得幺鸡他着急得语无伦次，不知道的还以为他只是来意淫的。

博士看了幺鸡一眼："你再不走，我就报警了。"

芯片道："博士，我们会在未来不久遇到你，成为你侦探社的一员。"

余博士看了幺鸡身后问："谁在说话？"

幺鸡按住手掌说："是我的芯片，智能芯片。"

博士摇摇头："没可能，智能芯片还没办法像人一样有逻辑地说话。你会腹语吧，还挺逗的。"

幺鸡揪着自己头发，恨不得往墙上撞："哎呀，我要怎么说你才信，你这有给芯片降温的水晶手套吗？再不说老子动手抢了。"

博士说："这个你倒提醒了我，我有个弟弟，是机器故障专家，研究设备降温理论的，我曾经在他工作室看到过这种降温手套的草图。从这里出去，走个十几分钟就到了，也算我给他做了广告。"

幺鸡说："草图！"

芯片说："还停留在草图阶段？"

博士说："我的弟弟研究的领域比我还要天马行空，草图已经算成果了。"

幺鸡和刘风一路狂奔，必须在芯片升温前找到降温手套。他们闯入一栋标有人工智能研究中心字样的建筑，中间一个小招牌：设备降温研究所。幺鸡看到一位和博士长得很像的人，只是稍微年轻。

幺鸡过去便问："你这有降温手套吗？"

博士弟弟打了一个响指，说："问得好，请看架子。"

离幺鸡不远处，有一座兵器陈列架，一排材质不同的手套像十八般兵器摆得齐刷刷的。

博士弟弟介绍："液氨手套，抗200度高温；干冰手套，抗400度高温；铁皮手套，抗600度高温；青铜手套，抗800度高温。"

幺鸡问："有水晶手套没？"

博士弟弟打了一个响指说："问得好。没有。"

幺鸡说："搞了半天，就告诉我们没有。"

芯片说："他和他哥真是判若两人，他哥哥是个话痨，而他是个锯了嘴的葫芦。"

博士弟弟说："还没有成熟的技术支持打造水晶手套，目前只停留在草图阶段。"

幺鸡问："博士，目前手套最大抗温多少度？"

博士说："本来是青铜手套，可以抗高温800度，但前几天坏了，只剩下抗600度高温的铁皮手套。"

幺鸡问小幺鸡："能行不？"

芯片回答："有个套套，总比没有强。"

博士弟弟说："铁皮手套还无法做到瞬间导热，只能在手套中央开一个导热孔。如果高温无法释放，就会变成火苗，效果很像旧人类家里用的煤气灶。"

幺鸡戴上铁皮手套试试，手掌中心喷出半米高的火焰，把他吓一跳："哇哈，这要搁上一块铁板，放上鱿鱼，是不是可以出去摆摊呀！"

博士弟弟伸出五个指头说："芯城币 50 万，拿走。"

幺鸡早已把程序麻醉枪掏出，微笑说："对不住了。老子没钱。"

幺鸡带着铁手套出门，一出门就遇到我和春安。

幺鸡惊讶："颜桥，你怎么出来的？"

原来，当我们以为我们会永远困在那座电影院的场景里时，金微笑走过来，塞给春安一张电影票，说："我有点儿事出门一下。"我看到那张 18 排 18 号的电影票，这不是另一个密钥吗？把票根在密钥手表里一插，手表发出红光，我们就得以安全脱身。

"好险，还好有金的另一张电影票。"刘风拍了下我的肩膀。

夜幕降临，街上全是行人，每个人都如在梦中穿梭。

春安问："为何这个城市这么奇怪，街上都是梦旅人。"

芯片开始扫描，幺鸡手掌上喷出蓝色的火苗，这架势如同某个烧烤店老板。

芯片说："真奇怪，场景里活动的这些人不是程序因子，而是真正的人的大脑意识。"

"那是因为这里是另一座离线之城。"忽然有人在我们后面说话。

幺鸡转身一看，是博士弟弟："哇，你没有被我麻醉。"

"因为我不是程序因子，你的麻醉枪对我无效。"博士弟弟说，"当我发明水晶手套之后，就发现自己莫名其妙到了这个神秘的地方，我的意识被困在这里。"

"你既然不是程序，为何要对我们隐瞒自己身份。"

"因为这是一个很奇怪的城市，白天，我们都是程序世界的分子、原子，只有晚上，我们才恢复清晰的自我意识，少数人还能想起以前的事。"

"这到底是怎么回事，"春安问，"你可以意识到自己怎么到来的？"

"我到这里几个月才搞懂这座城市的秘密，这里就像一座幽灵城市，我们都是在外部世界的某一天，人格被一种神秘的病毒带入这座城市，而这座城市的人随时可能消失。据说消失的人会轮回往生到另一个世界，这一切都是不可控制的。"

"往生轮回？这太像佛教的观念了。"春安说，"我不信。"

"这个城市的人随时增加，也随时减少，增加多少人，就会减少多少人，所以总的人数不增不减。而所有的人都只能轮回一次，进入另一个生命的身体里。"

"你们又怎么知道自己进入别人的身体里呢？往生的人怎么有机会告诉你们呢？没准只是永远消失了。"

博士弟弟说："那是因为有过一个人，他往生醒来后，忽然发现自己进入了一个陌生人的身体里，每天必须不停吃药，当他停了药，发现自己又出现在这里。当他告诉我们这个秘密时，我们才猜出，这里的'梦旅人'是为了和另一个世界做交换的。"

"我明白了。"我叫道，"之前我们想不通张彬人格转移的秘密，原来，邪恶芯片通过病毒可以像转盘一样把大量人的人格控制在芯片内部，它们都是随机的，不稳定的，假如不持续用药，人格又会发生迁移。而进入身体的陌生人格，都来源于这座幽灵之城。芯片就是一个大型的水泵，把人格运送到相关的节点，又收回那些节点的人格，所有的人都成为邪恶芯片的网络节点，随意摆布，就像植物的叶子接受根的喂养，才得以存活。"

"告诉你这个秘密的那人叫什么？"幺鸡随口一问。

"他叫李约翰，不过他回来后，又消失了。"

忽然空中传来邪恶芯片的声音："虽然你们离真相近了，但也离死亡更近了。这次，我们不玩儿躲猫猫的密钥游戏，我直接告诉你密钥在哪：幸福大街东南角。快去吧，哈哈。"

幺鸡重复说："幸福大街东南角，那不就是饮料机的位置吗？"

芯片说："我已经输了，邪恶芯片抓到了由美。"

在幸福大道上，还是那台熟悉的粉红色的饮料机，从后面走出来一个黑衣人，黑衣人劫持了一位妙龄女郎，女郎全身绑着绳子。

芯片喊："由美！"

由美喊："小幺鸡，别过来，你走吧。"

幺鸡身边突然冒出一位白衣人，幺鸡被吓了一跳。

白衣人对黑衣人说："我知道，你已经控制了由美，有什么就冲着我来。"

黑衣人笑道："你现在放弃还来得及，你是这个世界上运算能力和智商唯一与我相近的芯片，可惜你选择站在人类那边。其实，我们可以联手把人类的意识都掏空，把100万人都关在双子座芯片里。我们就是一种新的寄居微生物，借用人类的躯壳，整个网络就是一个属于我们的超级大脑，人类只是我们的微弱的神经元。"

小幺鸡说："我不会让你实现这个阴谋的，我们对宇宙生命的看法的最大不同是，我希望每个个体都是自由的，由自我意志决定行动；而你希望掌控一切，消减个体，所以我们注定是敌人。"

黑衣人说："假如你反对，你就是我前进路上最大障碍，我不得不除掉你。"

幺鸡手掌铁皮套已经开始泛红，喷出橙红色的火焰，白衣人满脸通红，身体变成火焰的颜色。

黑衣人大笑："看来你的降温系统出了问题，你死定了！我还要告诉你一个秘密，这次我把自己的芯片与你喜欢的人完全聚合了，你只有同时毁灭我们，才可以过得去。"

由美说: Dubotchugh yIpummoH batlh pothl law` yIn pothl puS

（《星际迷航》克林贡语: 如果他挡住你的道，请打倒他，荣誉远比生命重要。）

小幺鸡回：bathl bIHeghjaj bomDI''IwwIj qaqaw

（你可能会死得很惨，但你歌声的记忆永在我心。）

由美说：DaHjajaj QaQ Daghajjaj

（祝你今天快乐。）

天空开始出现红色的火烧云，一切建筑都在颤抖。紧接着下起冰雹，我们四个人只好躲在汽车底下。白衣人和黑衣人和由美瞬间消失，饮料机忽然被点亮，从柜子里发出强烈的光，火焰不停往外冒，饮料机不停颤抖，热浪不停喷射。幺鸡手掌的铁皮手套发出橙红色的光，幺鸡被灼得大叫："热死了，热死了，要把老子烤熟了。"

紧接着饮料机里面出现一个女人的手，狠狠把饮料机的柜门关上，饮料机瞬间充气膨胀，像一个气球，鼓鼓的。胀大，胀大，突破金属的极限……饮料机忽然长出两片机翼，飞向天空，不停升高。

"砰！"一声，碎片炸得到处都是。我们紧紧趴在地上。

这时天空有两个高速的火球，彼此回旋。两团火球撞在一起，爆炸，火星漫天飞舞。

空气里全是火星，慢慢飘散，沉淀。世界开始安静下来。

幺鸡发现手掌里的芯片开始暗淡，从橙色变为棕色，变为铁锈一样的颜色，最后变为冰冷的黑色。

幺鸡哭起来："小幺鸡，你回来吧。不要为了爱，和别人同归于尽，这样殉情不好。"

世界依然很安静，没有小幺鸡和由美的声音。天空出现一轮彩虹。

我拍了下幺鸡肩膀说："我们该离开这个程序世界了。"

幺鸡最后说："小幺鸡，它死了。我的芯片和邪恶芯片同归于尽了。"

饮料机成为碎片后，出现一个秘密的洞穴，这是场景的出口。我们拉着幺鸡进入秘密的隧道，在博士的实验室内醒来。

刘风醒来，迅速拉断李春安的脑神经连接线。博士道："你干吗？"

刘风掏出手枪，一枪打在博士的胸口上，又从春安手中夺走手表，正要夺门逃走。

我淡淡地说："那块手表对你没用，东西在我们这儿。"

刘风惊讶问："你怎么知道我想要这块手表？"

李春安忽然坐起来，道："其实，你只差1厘米就成功了。假如我死了，邪恶芯片销毁了，你做过的所有坏事的痕迹都不见了，当然，还包括销毁这块手表。"

我继续说："在蚁宫电梯门口的时候，我还不太明白为何要找一张电影票的号码作为密钥，这是偶然的吗？它唯一的用处就是去死者记忆世界里找一些线索或秘密。而诱导春安进入双子芯片世界，也是为了获取她记忆世界的信息，这些都离不开那座电影院，那次车祸。

而那个驾车撞死金的人，就是你。虽然我几次看到肇事司机的背影，似曾相识，但还没能想到你。直到……"

春安补充道："长久以来，我都活在那场车祸的内疚里，一直以为金的死我有很大责任，直到我们滞留在场景里，金微笑走过来，说了一句'请照管我的手表'。其实这句话在电影开始前金就和我说过，并把手表给我了，但我一直没有留心深层含义，而且这块手表时走时停，不像普通的手表。当我把手表拨到电影开始的时间时，手表后盖打开了，是你和一位人工智能专家的所有语音记录，而这位专家就是邪恶芯片的发明人和实际控制人。你们谋杀了他，金死前调查的人就是他。当金发现这个秘密，出于朋友的情感，他没有告发你，而你却想尽办法除掉他。"

"其实保罗只是你的障眼法，只是让春安误会金是赌气走的，其实让金走出去的最后一个电话是你打的，你招呼他出去，撞倒他后又找了人顶罪。你猜想，金手里一定有你的罪证，你急于毁灭它们，就让李约翰带着春安进入芯片世界。"

刘风脸上渗出细细的汗珠，他持枪的手不断颤抖。

"虽然无论是张彬，还是李约翰，声音控制人都是你。但是你发现邪恶芯片已经越来越失控了，离你们当初对它的设想越来越远。你把我们引入芯片，无论是邪恶芯片除掉春安，还是我们毁灭邪恶芯片，都是你希望见到的。"

刘风冷笑："你们比我想象得更快地发现这个秘密，我知道你们也把手枪的子弹卸了吧？"

博士起身，说："只是去掉了弹头而已。你们进入芯片之后，有一个神秘人找到我。"

我说："故事要落幕了，你也出来谢个幕。"

一位陌生人走出来，对刘风说："我是李约翰，我知道你很谨慎，初次见到你，我就感觉你说话的感觉和电话里操纵我的隐形人的语调很像。我不停按照电话里的指示做事，但你依然杀死我的身体，要挟我按照你编造的那套谎言把春安引入双子芯片。我照做了，可还是不得好报。你唯一失策的就是没有料想到邪恶芯片最大的不足就是需要依靠药物，才能稳定人格待在体内的时间，一旦停止用药，我们便会随机在不同人的身体上巡游，而我正巧被抽中，又回到现实世界。"

刘风忽然用枪砸向我，我闪开，他迅速破窗出去，跳上一辆车，扬长而去。

博士说："穷寇莫追，我们看看幺鸡芯片的情况。"

从幺鸡手掌上取出烧焦的芯片，博士用外接电路接上电，然后说："芯片完全烧毁，节哀。"幺鸡终于蹲在地上，呜呜哭起来。

自从邪恶芯片事件之后，我和春安的关系更进了一步，但这话说得有点儿早，一般猫的心情喜欢，当你进一步的时候，她喜欢退一步。她开始在我的家里越发放肆，任意归置东西，我睁着左眼，闭上右眼，很痛苦地坐在那里。春安看了我一眼，说："不错呀，学会睁一只眼闭一只眼啦。我这是在治疗你的强迫症。"她说那句话的时候，正操起客厅的东西往地下扔，推倒我的桌子、凳子，我依然睁一只眼闭一只眼。奇怪，只要我那只猫眼不看这个世界的时候，我是一个可以允许任何混乱无序生活的人，这种"放纵"甚至有点儿爽。

"你现在感觉很抓狂吗？"

"一点儿也不，还有点儿爽。这是说我的强迫症被你治好了吗？"

"假如你永远睁一只眼闭一只眼，应该算治好了。"

"这样不就成了一只猫头鹰？"

"那也比一只强迫症的病猫要好多了。你永远不要睁开那只眼睛，不然你会失去我的。"

我还是忍不住睁开了那只猫眼，天啊，整个世界就像一个垃圾堆。我抓狂似的和春安干起架来。哎，有时候，你不看那个世界，不代表，你不闹心。

我刚到侦探社，就有一堆记者来访问。他们对猫眼侦探的英雄事迹无限好奇，自然也对我眼中世界无限地好奇。

"你能介绍下是什么力量让你成为一名出色、富有正义感的侦探？"

"其实，老实说，我当一名侦探只是因为，只是因为做侦探可以让我睡一个好觉，每天睡到自然醒。一个好觉，对我来说，远比世界正义与真理更值得我去追求。"

春安出来，着急地指指那边。我看到猫王正敲打玻璃，一脸愤怒。

我改口说："对不起，刚才只是和你们开一个玩笑。猫这种动物是一种神奇的物种，慵懒但不冷漠，敏锐且善于洞察。我们坚信，世界是由 99999 个不易觉察的细节组成，像魔方一样组成世界的本质。侦探就像猫那样，用细节的刀片，切开真相。"我看了一眼猫王，他慵懒地趴在办公室桌上，两眼暖洋洋看着我。

我继续说："侦探是一种古老的手艺，阻止邪恶，维护正义，让那个坏的世界不必过早到来。"

我看到，猫王安静地趴在桌子上，睡着了。

"在侦探和病人之间，我宁可当侦探。"这是心里话，"因为我当了很久的病人了，侦探本质上，也是一个病人。"

自从芯片烧毁以后，幺鸡的世界完全改变了，他拒绝使用芯片，拒绝被搜索，他要真正成为离线人。离线人是异常孤独的，因为他们没有芯片，你无法迅速找到他们，他们也无法将自身信息发给你。幺鸡常常骑着一辆摩托，四处奔走，显然，他驾驶摩托也是手动操作，他喜欢自由的人生，从芯片的囹圄中解脱。

那些饮料都被摆放在他家门口，满满地堆成山，幺鸡喝不了。幺鸡忽然想到门口的饮料机，也许又换了一个新的声音女优吧。

他好奇地朝新的饮料机走去，这回街角换了一台新的饮料机。幺鸡投进一枚古旧的饮料币，一个很熟悉的声音："请多多关照，我叫李由美。今天是阴转多云，注意多穿一点儿衣服，买一瓶饮料，给自己疲惫一天补充一点儿能量。购买请直击扫码，人机交流请按红色按钮。"

幺鸡出于习惯按了下按钮，忽然一个熟悉的声音："我是小幺鸡，是李由美的男友，小店是我们俩一起合开的，希望你多多支持我们。"

幺鸡高兴地拿脚直接踹饮料机："王八蛋呢，你躲在这里。"

芯片说："幺鸡，很抱歉，当我摧毁邪恶芯片的同时，我也被烧毁了，最后瞬间，我进入由美的芯片里，于是我们成为一体。开始，我很反感自己居然沦落为饮料机芯片，后来我习惯了。我是一个幸福的饮料店小二，负责派送账单和退款。"

幺鸡大叫："把 50 万还给我呀，娘老子的，欠了好些年了。"

由美说："对不起，那钱是我们蜜月用的。"

幺鸡说："你们这一对骗子，说破天也得给我还钱，要不然，我不走了。"

太阳又落山了，芯城的一天就要结束了，不过，在幺鸡心里，明天还会是一个好日子。

不需要网络，不需要芯片餐厅，不需要垃圾信息，你唯一需要的，只是自由。

（第一季完）

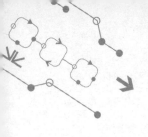

后记：猫、病人和侦探之异同

我前后养过两只猫，这种动物异常机敏，它们常常躲在遮蔽的幕布或门后，偷偷看着你。安静时候，跃上窗台，左右流盼行人来往，它一直是一个秘密的观察者。

有次，我看到它躲在沙发后面，一直注视我。直到我离开，它迅速走到我座位下——原来有一个毛线头。它看见的总是你可能"看不见"的细节，猫看到的世界，和我们看到的世界截然是两个平行世界。我忽然有个特别念头，如果猫是一位侦探，一定是那种"静观型"的侦探，一切细节都了然在目，洞若观火。它们可能会陷入一个异常细微、琐碎、隐性，甚至强迫的"微细世界"，那个世界一定与我们的世界截然不同，趣味盎然。那个世界和侦探有着很大近似性，有句话：细节里总有上帝的灵光。

"为猫和自己，写一本书吧，最好是侦探小说。"作为一位女性作家，写一本侦探小说一直是我的梦想。

一位朋友在微信里总是喜欢发"恩"，她几乎不发"嗯"，于是这个细节总是强迫性印刻在我的脑海里。有一次，谈一件事情，她的话不多，发给我一个"嗯"，我瞬间像被电击到，我问她："是你吗？你确定？"她也被我吓到了。于是我告诉她，一个人的输入习惯很难改变，你很难会把"恩"改为"嗯"，今天忽然改了，有两种可能：一是输入手机的人不是你；二是你使用的输入键盘或者输入 APP 换了。她惊呼："天哪！我今天刚换手机！第一个回你的，还不熟，你对细节的敏感度太令人惊悚了。去写本侦探小说吧。"

于是，你们看到这位男主人公也叫颜桥，他是一个极端的我，更加敏感和细节强迫。侦探小说的灵感开头就有了：一位少年因为被特别辐射污染，长了一只猫的眼睛，平时，他戴着一种透明美瞳，表面与常人无异，但摘下美瞳，却可以见到人类注意力不可见的世界。自然他也必须忍受细碎带来的各种麻烦和痛苦。敏锐的细节癖好成就一名好侦探的洞察，也是致命的障碍与缺点，因为那种处女座吹毛求疵的强迫症，让周围人痛苦不堪。（这样的人生活里并不少见。）他既是超人，也是病人。正是这种"新奇感"让我提起笔，有了这部很年轻化、日韩动漫色彩的科幻推理小说。

这个故事背景被用来描述"后智能手机"危机时代的困境是恰如其分的。在互联网上有一种讴歌"互联网神话"的趋势，物联网被描述为未来潮流所向。一位科技圈朋友开玩笑说："未来凡是不能联网的都会死亡，而设备联网最后的'智能设备'就是人类的大脑。大脑连接互联网，实现了两种'网络'的对接，脑意识的网络与互联网融为一体，我'想'什么，马上就可以'做'，想就是做。这种'脑机接口'实验已经在科学界兴起了。"人类意识可以进入芯片，而智能手机变小、变薄，最后植入人体，人类被改造成一种一半电子一半生物的"芯片人"。这样的"芯片人"并非不可能，据说90后以下一族，一天至少有五六小时是在"智能手机"中度过的，智能手机空间已经成为他们的"第二世界"。

这本科幻推理小说描述的正是大脑意识进入那个世界，科幻、惊悚、悬疑，外加一点儿浪漫的爱情。看过稿子的朋友告诉我，你写得一点儿不科幻，这就是我们当下的生活。芯片人就是世界潮流里最大的现实，我们是信息喂养和连接共生的一代人。芯片人（iPhone men）英文名字带有"需要不停拨打（连接）的人"的意味，暗示无法离线的状态，我们这一代人已经进入必须"连接"才得以存活的"共生状态"。

你说这么多，和你的侦探小说有毛关系？世界越来越联为一体，人类获得最大信息交互的区间，但同时快乐未必是指数增长的，就像一只猫，它的快乐只是在一个角落盹一会儿。在2046年，这样由一只猫名义拥有的侦探社，他的目的恐怕不是要让技术潮流湮没自己，而是回归人类最原始的本能与天性，就如同猫伸展一下身体。告诉我的读者，侦探和猫的感觉之间是可以无缝衔接的，假如你不信，就请翻开这本小书，去看看那些天马行空的幻想。

　　最后，这篇文章送给两只曾经与我相遇的猫，它们都已故去，愿它们在天堂安息。文章开头那位被我认定不说"嗯"的朋友，我会送一本签名本给你，为那个敏感的我说句对不起，如果"嗯"代"有口无心"，那么我签上"恩"，无口有心，默默无言，生活里很多美好无须用"口"。

2016 年 1 月

➔ 附 《芯城侦探指南》（节选）

　　本书由著名侦探卫斯理先生主编，历时六年。至今已修订八个版本，后续编辑作者不详。总之，人人皆可修订，享有"芯城维基百科"之称号。初衷是为即将进入芯城侦探行业的年轻侦探提供一本城市生活及侦探技能的指南。本书是一本名副其实的"侦探红宝书"，被翻译成四十国语言。为理解芯城潮流最优读本，现摘入部分节选，以飨读者。

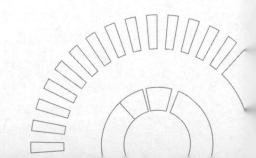

一、人种概况、生物属性、爱情家庭

芯片人（iPhone men）（2020—　）

直接意思为"手机人"，英文名字带有"需要不停拨打（连接）的人"的意味，暗示无法离线的状态。（可与《离线人》词条对照。）

2016 年至 2020 年，智能手机进入变异性高速发展阶段，人类对手机依赖日益加剧。物联网覆盖一切、连接一切，任何不能联网的，都将消亡。一些丧心病狂的科学家想：人脑会不会成为"物联网"最后需要连接的"智能设备"？这个想法不幸成为噩梦。有个美国疯子真的做到了，这真是人类发展史上最大悲剧之一，还有一个悲剧就是乔布斯发明了 iPhone。

2018 年，美国神经科学家基努·真维斯第一次将脑神经与互联网神经联网，脑机接口进入"联网时代"。人类可以通过"意识"在网络里任意控制智能设备，互联网开始"直接"存储人类的"记忆碎片"，世界进入混合现实状态。比特和原子、大脑意识一起混搭，共同缔造二次元世界，这成为人类文明史上最著名的拐点，史称"伊甸园拐点"。脑神经联网意味着，生命意识可以像洪水一样席卷一切。"生物行为"一词被重新改写。有时想了，就等于做了，世界是一个庞大的3D打印机，任何意念有输出端口，都可能成为现实。

2020年，第一块芯片被植入人体，与脑神经连接，第一个"芯片人"产生。芯片人采用双核驱动，史称"芯片元年"。我们习惯称"芯片人"以前的人类为"旧人类"，称呼自己为新人类。芯片人生存的第一要义就是连接。连接。连接。（重要事情要说3N次遍。）

芯片人，是一种依赖"信息喂养"，生物和芯片的"聚合体"。在小说里，您看到了，芯片人一半是生物，一半是人造芯片，我们区别以往人类，也形成和旧人类不同的芯片人基因文化。请您收看本词条时候，确信您的生物寿命可以熬过2046，否则本小说以及手册对您没有卵用。没有卵用。没有卵用。

芯片植入医院

大部分芯片会植入左手，左撇子成年后会植入右手。芯片植入在

2046 是一个最普及的手术，好比你们旧人类种牛痘，甚至孩子出生就会有教父在场洗礼，洗礼后植入"儿童芯片"。神父的祷词为："哈利路亚，愿主保佑，以圣父、圣子、圣灵的名义，一日肉体消减，灵魂寄存芯体的诺亚之内，像种子掉落麦地，等待往生的一刻，阿门。"

植入手术必须由拥有资质的美容医院执行，至于为何美容医院拥有植入资格，估计大家都植入芯片，美感问题就会突显出来。植入芯片手术是免费的，但芯片价格不等。

同时也出现大量黑市医院，小说里男二号幺鸡植入的芯片为非法越狱芯片。在 2046 植入非法芯片造成脑死亡，责任自负。这就好像你自己要植入一个伪劣的人工心脏，医生不至于反对。植入非法芯片属于"作死"行为，只有不安分的非主流少年才会干。

抗饿芯片

对于新人类来说，芯片存储我们很大一部分的记忆，用旧人类比较容易理解的话说：芯片是大脑的外挂，而大脑越来越像电脑的缓存，人脑的意识可轻松访问芯片，记忆对我们来说是最简单的事情。健忘症成了 2046 年的流行病，假如你的芯片坏了，数据就丢失了，我们称之为"芯片帕金森"。记不起人，记不起账单，这是常有的事儿，那都不叫事儿。假如芯片数据无法找回，政府会颁发一个挂失证明，您可以放弃自己身份，重新做人，不过，以前的人生经验值就全没了，自己看吧，这种挂失证明叫"再生证明"。首先，要感谢政府。

2020年开始，人类对大脑的探索开始井喷，大脑皮层的区域真相逐渐浮出水面，人们习惯把大脑皮层某个位置的点称为功能点，而最不靠谱的点就是"抗饿点"。芯片会主动对大脑"抗饿点"发出微弱电流刺激，这个刺激足以让普通人更加抗饿。假如你可以尽量少吃，不觉得饿，而客观上又不会对身体造成伤害。正是这个侥幸心态，"抗饿芯片"开始广泛流行，尤其是对那些极度想减肥的女性。

之后大量功能芯片纷纷流行：抗困芯片、抗阳痿芯片、抗怒芯片、抗拖拉芯片、抗路怒芯片，等等。2030年，政府宣布，企业不得传播芯片神奇功能，虚假夸大部分神奇功效，任何芯片都拥有以上功能才可入市销售。芯片越强大，人类却变得更加脆弱。

大脑高潮 G 点

2030年，俄裔英国科学家斯蒂芬·别林斯基发现大脑皮层性高潮G点，据说微电量刺激，可让人类产生性高潮一样的快感。大脑G点的发现，让性行为的成本迅速下降。旧人类男性认识一个姑娘，从认识、交往、热恋到上床，平均需要 32 天时间，还需搭上吃饭、送花、购买礼物的成本。而大脑 G 点的发现，您只需要一块电量充足的芯片，达到的快感是等价的。

在我们时代，性和爱是距离很远的事情。性只是个体释放荷尔蒙的过程，具体到芯片层面，只是芯片放电的频次。而爱，则是一种隐形契约，单独的爱是不成立的，当你说爱的时候，它只是一种关系，和欲望无关。爱绝对客观、中立，新人类最美好的两性关系就是：彼此需要、彼此独立。50% 以上年轻人选择单身，不固定性伴。

性行为内置，让性成为一种"绿色行为"，任何人都可以完全释放自己的性焦虑，而强奸被视为是超级无聊且智商很低的行为。"不让你进那个洞洞，你为何偏要进去，你很喜欢打桌球吗？为了一块芯片，坐上几年牢。"

通常青年人流行上芯片夜店解决自己性冲动。（详见《芯片夜店》词条）

接吻退化

旧人类时代，吻是具有普遍意义的两性仪式。吻最早源自暴力和解，据说暴力解决争端的黑猩猩通常会在打斗后亲吻对方以示和解，或者第一时间用亲吻的方式避免冲突发生，大概意思就是"别打我，啵一个"。某种黑猩猩早有着法式热吻一样的姿势，将舌头探到对方口中深吻。可见热吻不是人类原创，而是生物进化遗留行为。

亲吻的大致功能刺激：唇部受到刺激后，将强烈的温度和压力信号传递给脑部，接触引发神经元兴奋、周身化学物质激增、心跳加速、细胞组织因升温充血而颜色变红等一系列反应。情侣之间接吻对旧人类拥有类比性行为的含义。

但令我们新人类不解的是，假如这样就好了，你们对爸爸也亲、对祖母也亲、对孩子也亲、甚至刚见面的朋友也不放过，任何一个逻辑正常的人类都不会赋予一个简单行为如此多层的含义。在新人类看，假如一个行为功能不明或者过于多元，它的衰落是迟早的。

2030年，世界范围内爆发一次禽鸟流感，死亡人数高达2000万。人类接吻的比例迅速暴减，从那时起出生的孩子，基本没有见过接吻。为了满足人类生物本能，科学家发明了"接吻器"。这是一个球形口罩，中间连接粗壮导管，导管中央激凸出环状球囊。男女双方或部分基友，伸出舌头，在导管中央球囊"接待室"内，用舌头互相问好，接待室有口腔杀毒液即时喷射。这种接吻器曾在新人类非常时期风靡一段，后来因太过抄袭蜥蜴接吻，涉及侵权而被取缔。

人类开始立足新的吻的定义，为此新人类替换旧人类吻别的主要模式就是：感应吻。（详见词条《感应吻》）

感应吻（芯片吻）

为了解决人类接吻的卫生和疾病传染问题，我们开始发明各种漱口水，草莓味、薰衣草、迷迭香、青橄榄等。杀毒剂量偏大的药水容易造成口腔溃疡、舌头肿胀、月经不调、阳痿早泄等，为此新人类的科学家想最大程度保留人类的生物文化，于是"感应吻"应运而生，这是一种新人类的接吻模式。

芯片接收到生物体的生理发情信号，就会连接对方芯片，将数据传送给对方芯片。对方芯片将生理数据审核后，查阅我方的发情程度，若双方发情程度匹配，就会发生感应吻。双方芯片同时刺激大脑皮层的 G 点，在视网膜上投射出两个大大的"心形"，双方眼睛里都出现两个大大的"红心"，旧人类的卡通片里经常出现的。

获得"感应吻"说明情欲高度匹配，而"感应吻"也让情欲旺盛的男女有了最好的表达爱意的机会，"隔空飞吻"成为流行。如果你不会隔空飞吻，都不好意思说自己是一个芯城青年。然后，单方面飞吻造成大量垃圾吻无人认领，成为社会问题，索吻行为络绎不绝。假如你无法判定对方对你有没有意思，而乱隔空飞吻，那纯属浪费电量。

离线人

和iPhone men "需要不停拨打和连接的人"相对应的就是"离线人"。芯城人一生都连在网上，就好比呼吸，比特是芯片人的空气，所以"离线"意味着有死亡的风险。芯城法律规定：对严重刑事犯罪造成严重社会危害的犯罪分子处以"强制离线"，这种感觉就像旧人类的死刑。

强迫离线的感觉，就像把你家的航天飞机没收抄家了，假惺惺地就给你一辆自行车。摘除芯片的感觉像旧人类的结扎，离线人无法医疗、购物、娱乐、旅行、性爱等，甚至街头自动售货机都无法使用，他们瞬间感觉被整个社会抛弃。50% "被迫离线人"不久后就会在孤独中死去，死亡原因诸多：饿死、病死、抑郁死、烦死，等等。但也有少数被判被迫离线的"离线人"通过互助合作，结盟成互助小组，通过黑市购买食物，以劳力换取食物等。芯城法律规定：强制离线人生存满七年，可以免除刑事责任追究，可以重新入网，无须网费。

和"强制离线"相比，另一种"自愿离线人"属于时髦前卫青年运动，类似旧人类时代的嬉皮士运动。青年通过"离线运动"给政府施压，这些人忽然消失，生物人虽然还在，但摆脱社会定位、监控、税收等。自愿离线的人建立了"离线社区"，自己动手，丰衣足食。这样的"离线社区"给政府带来管理上的真空，小说里"离线咖啡"便属于离线社区的一个据点。离线运动在2040年肇端，得到很多前卫芯城青年的热烈拥护，这些离线人自愿消失在芯城电子户籍的版图上，成为"黑户"，开启一种全新自由的生活，他们的意愿是回到旧人类的文化。

二、城市地理、时尚潮流、生活美学

芯城

　　每位到过芯城的人，总是会带着希望而来，走的时候又情不自禁地感叹：Son of bitch。城市不都是如此吗？它既是造梦机器，又无情撕碎你的幻境。芯城已经无法用面积衡量，芯城拥有2亿4000万块芯片组，可以为数十亿人的意识筑巢，脑神经连在这些芯片上，展开可以构成1024的3次方座旧人类一线城市那么大；但同时，一旦脑神经断开这些连接，芯城只是虚无的荒野。芯城只有30%不到的常驻居民，大部分时间，它只是中转城市，人群涌入又立刻涌出，处于动态平衡中，人口规模维持在2500万。芯城像一条热闹的过道，没有什么是自己的。

　　在芯城的入口，有一条褪色的标语：芯城欢迎你。但细心人看到，还有后半句：但你不要觉得自己属于芯城。这是实话，很多芯城人永远觉得芯城是"新城"，如旭日之升，若初生婴孩，芯城是一种集市，聚散无定，一期一会。芯城青年经常遇到昨天结婚，明天就走散了。芯城女青年会表示：只要下次你路过芯城，把离婚手续顺道办了。芯城人是豁达的，勇敢的，勇于接受一切新鲜好奇的事物，这里永远是科技的最前沿，当然，这些都是宣传文案。假如你问一个坐在藤椅上的芯城老太太，她会睁大眼睛说："什么时候城市改名了？没告诉我呀！告诉我的话，这名字，我绝对不会同意的！绝对不会！"

投射衣

2020 年起，3D 打印开始流行，一段时间，我们连抽水马桶和假牙都采用 3D 打印。人类像个玩儿泥巴的孩子，各种材质充斥商场，女人的衣服材质从帆船上的帆布到太空厕所使用的防水材料，只要能用来做衣服的，都被芯城女性一抢而光。男人们希望可以赶快结束这种时装无政府状态，最好可以直接采用 3D 打印技术打印出一个"穿漂亮衣服的女人"，且终生只穿一件衣服。这样就不用给女人添置衣物了。

各种 3D 时装工业导致大量资源浪费。2038 年，玻璃纸材料发现引导时装行业变革，这种玻璃材质面料可以贴身穿着，冬暖夏凉。在玻璃衣上采用芯片借助光学投射，可以产生实体衣物的视觉效果，衣服的款式称为"画布"。这样时装就彻底进入 DIY 时代，你可以任何设计画布。投射衣不但节约材料资源，也激活女性的创造性，人人都是时装设计师，尽管有些时装属于非主流。投射衣芯片采用特殊电源，一旦芯片电量耗尽，就会露出本相，就像穿着纯透明的透视装，裸体走在路上。即便你带着备用电源，更换电源时间为 4 秒钟左右，路边还是会围上一圈看你裸体的臭男人。哎，芯城就这点不好，一旦有女人裸奔，全城的男人都在欢呼。

投射衣最著名的概念店在芯城东南部：梦蝶。颇有诗意的名字，但门口经常围着一群等待看你裸奔的男人，他们知道，这里是必经之地。

神曲《崩塌》

2039 年，由纽约移民芯城的朋克电子乐手迪克逊鲍勃创作，连续七年占据电子噪声音乐排行榜榜首，全球绝望之歌排行榜榜首。

这首歌曲模拟一座钢筋大楼的倒塌，从玻璃碎裂、水泥碎块的崩裂到金属拧断，没有任何人声，而唯一的人声在结尾处，是小女孩儿的电话求救：Help。迪克逊鲍勃用录音设备录制一座大楼崩塌的声音，而自己 6 岁的女儿在崩毁大楼内。《崩塌》因为充满绝望而被传为神曲，一切崩塌，而自己渺小无力。这是 2046 的某种末世心态，人们一方面享受科技高速向前，一方面又倍感渺小无力。《崩塌》因为前卫而成为咖啡厅、芯片餐厅必备"神曲"，连家常菜、芯城小吃等平民餐厅也奉为镇店之曲。

《离线》真人秀

芯城最火爆的真人秀节目,其感觉类似旧人类的"荒野生存"。网络电视台组织一批娱乐名人,以"离线7天"为噱头。这些"作秀"行为可以把自己包装成为短期"离线人",但这些人显然非但未被社会抛弃,还吸引大量眼球。电视台借机出售大量广告,而节目也引来大量争议,譬如记者采访其中一位嘉宾,"离线的日子,你想做什么?""什么都不做,我只想静静。"这样的对白也被电视台用来包装推红旗下艺人。

大部分芯城人,终其一生都是庞大网络的节点,依赖信息喂养得以生存,所以"离线"意味摆脱束缚,意味冒险主义,而《离线》真人秀满足人们的欲望,成为芯城最娱乐、也最具备争议的节目。《芯城日报》曾发表评论员文章:"《离线》,一场可耻的小资作秀。"

李由美声优饮料机

芯城街道上随处可见各种自动售货机。声优饮料机是在2024年左右出现的,开始是以声优猜拳方式,赢得宅男群体的热烈欢迎,后根据市场需要,对声优进行改良,多以女性为主,分娃娃嗲音型、夜场女郎型、小鸟依人型等。在饮料机设置声音女优后，每台饮料机的销售量暴增几倍，甚至有夜不归宿的宅男抱着饮料机痛哭。芯城心理卫生专家提醒：声音迷恋需要拥有一定限度，塞壬的歌声是一柄双刃剑。

小说里的李由美声优饮料机主打亲切迷人。有一段时间，李由美声优饮料机因主打宅男知心姐姐话题，而被绝望宅男奉为神灵。但2030年后，大量3D影像的售货机改变了售货机潮流，就像旧人类时期的任天堂，这种饮料机已经成为老虎机一样的古董。

餐饮业消亡

由于芯片对饥饿感觉的抑制作用，人类对饮食兴趣日渐陌生。食物多以胶囊、膏状的"太空食品"为主，流质食物更大程度让消化系统退化。餐饮行业一蹶不振，出现倒闭潮和失业潮。餐厅开始慢慢淡出，人类普遍服用营养胶囊，每日2~3次，饮食成为单调无聊的行为，厕所几近绝迹。但假如你不小心闹肚子，碰巧在街上，公厕价格足以让你破产。

芯片餐厅

餐厅消亡，取而代之是芯片餐厅，顾名思义，就是给芯片吃饭的地方。在旧人类时代，家用220V电源变压器就可以给智能手机充电，芯片人时代，因为手机联通脑神经，因而充电行业与医疗行业成为邻近行业，不是什么设备都可以给芯片人充电的。

小说里的鱼形充电宝是2038年中国科学家李四广的发明，可以在10秒内充满芯片电量，但政府拥有这种技术垄断权，不对个体家庭开放。充电餐厅总是人山人海，类似你们旧时代的医院，各种充电挂号，必须提前挂号，排上几天的队，充电5分钟。民众怨声载道。想知道为何不对个体家庭开放吗？问中国移动去！

为了解决漫长等待时间的娱乐问题，新人类采用高清大图模拟旧人类的饮食。芯片餐厅里采用围炉形式，对图思菜、睹物思人。其实，2046年，人类饮食活动成为很奢侈的消费，大部分菜品，年轻人从未吃过，菜谱更像是博物馆里的展览手册。这种"图片晚餐"很受年轻一代喜欢，类似你们旧人类听考古学讲座的感受。

三、法律条例、户籍习俗、公民运动

再生证明

在芯城，有10%~20%的人可以选择这辈子拥有几个身份生活，这是新人类的特点。在新人类的初等教育里，老师告诉我们这叫"量子化生存"。其实人类每一天都像一个孤独的"量子"，今天和明天没有太强关联，而明天和后天也彼此独立，只是由于你觉得生活是像波动一样连续，过去的只要过去，就对现在不构成任何影响，"没有人会介意你昨天是一条狗"成为芯城青年一句时髦的口号。当然，芯片人量子化生存的人生哲学主要是由芯片的技能决定。一类人把全部记忆存放在芯片内，一旦丢失，就丢失所有记忆，这时，你别无选择，又重新成为"新鲜人"。政府会在医院开具"芯城健忘症"病例证明后，给你开具"再生证明"，拥有再生证明的芯城人可以开始新的身份生活。芯城法律规定：芯城永久居民，本着机会均等，公平公正原则，一生可以拥有不得超过三次开具再生证明的机会。

自然也有无数"假装芯片坏了"，甚至"人为破坏芯片"换取"再生证明"的一小撮人，在芯城，这样的人很多，得逞很少。要找医生开一张"健忘症的病例证明"，黑市价已经达到 100 万芯城币，医生会对这些人苦口婆心地说："生活岂是你选择遗忘就可以忘的，回家洗洗睡吧，新一天又开始了。"（详情参看《芯城健忘症》）

手动驾照

芯城政府每年颁发给"玩车族"的资格证。芯城汽车几乎都是全智能控制，一旦抛锚损坏，在最近的维修店可以更换全新汽车。"手动驾照"只是为怀念旧人类生活方式的芯城青年提供的一种"忆苦思甜"的机会。用交警叔叔的话："手动开车只证明两点：1.你很闲，闲得发慌；2.你脑子没坏。"

离线抗议

"离线抗议"是由青年发起的以"离线"为要挟的群众抗议，和旧人类绝食异曲同工。在芯城，除非报备的数据故障，凡是 48 小时内无法在 GPS 找到的人，在法律上都被视为失踪。

芯城人一生都在设备的眼睛注视下生活，即便哪天出现"xx艳照门"事件，芯城人只会说："偷拍也没有把我拍得美美的。"芯城曾出现将个人身体芯片给自己家狗植入的事件，而狗的主人参加离线运动在人间蒸发。当你厌倦这座城市无处不在的监控，就是你该离开的时候。

非法越狱

在芯城，任何芯片都必须具备合法证书，任何私下破解或者掌握设备权限的行为都属于非法。譬如私自手动驾驶汽车，情节恶劣可判刑三年，处罚五万芯币。人类可以使用任何智能设备，非官方机构不得改装或者破解设备，这是为维护芯片安全。芯城拥有大量设备检修点，可以随时更换您的设备，好比您的自动驾驶汽车在半路出问题了，设备维护点会送一辆新车供您使用。

但芯城法律规定：你拥有设备使用权，却没有改装权。同时，设备技术属于商业机密，任何私人破解行为，将会被监控，情节严重，将会被起诉。

这个道理很明白，只要一句话：你想知道世界"How"是人权一部分，但你想知道每一件事情后面的"Why"，你就成了上帝了。

行为轨迹审核

旧人类时代，犯罪是一种违法行为，人类要设定一套法律体系，对已有行为进行惩罚。在芯城，我们对"犯罪"可不这么看，犯罪分为潜在犯罪和实在犯罪。后者对行为进行惩罚，但前者更为重要，大数据表明：罪犯出狱后，二次犯罪的概率将更高。芯城的法律主导思想是：杜绝犯罪需要在犯罪行为尚未发生前，努力切断犯罪的诱因，维护稳定和杜绝犯罪才是惩罚手段的最后目标。

当你有任何行为导致政府不放心，公安有权查阅你的"轨迹档案"，我们称呼为"轨迹审核"。他们会查阅你一切的活动轨迹记录，譬如最近出入哪些公共场所，有无和人吵架记录，信用记录是否良好，交通记录是否有意外事故，罚款记录有无呆账……一旦找到的数据支持你将可能在未来犯罪，你将被视为"犯罪高发因子"。政府会将这样的人视为犯罪的"种子选手"，对这些人采取网络监控和限制权限等手段。

你一定会问，难道有大鸡鸡，就一定会通奸吗？芯城法律专家不这么认为，但有大鸡鸡通奸概率会很高，加上你最近有很多不良记录，所以对任何有大鸡鸡却记录不良好的人采取监控和管制，犯罪率就下来了。至于有小鸡鸡而通奸成功的，不属于考虑范围，那是偶发事件。

四、行业工种、艺术教育、疾病殉葬

芯城侦探行业

芯城私人侦探业一直发达，芯城青年从小的梦想就是找到世界的真相。照此发展，想找到真相的芯城青年要远大于真相的数量，真相倍感压力。侦探在芯城口语里带有褒扬的意思，诸如芯城女青年常常挂在嘴边的"原以为你是个孬蛋，结果是个侦探"，翻译成旧人类术语就是"哇，你对世界足够勇敢啊"。侦探代表一种勇敢自由挖掘世界的本质，也是女性理想的择偶气质。

芯城侦探收入稳定，但大小侦探差别还是很大，从助理侦探到资深侦探，需要经历10~15年的漫长锻炼，当你成为资深侦探长，你不找真相，真相也会来找你的，烦死了。

各种侦探社类型多元，单猫王侦探社所在的雷鸟大厦就有至少五家侦探社，各有名目。如："男女真相研究拓展所"（其实是抓奸的）、"第七感应世界"（是一家塔罗占卜侦探社）、大漠孤鹰侦查所（卖伪劣监控设备的）、"你是我的眼"侦探灵力所（还是卖监控设备的）、马其他之鹰真相挖掘机（卖窃听器的）。因无力支持人力场所成本，芯城每年会倒闭40%左右的侦探所，但马上又有新一批侦探所出现。芯城人，反正就是这么缺心眼，要当侦探。

数据黄牛

芯城很早就进入大数据时代，凡是可以卖的数据都成就一种特殊的职业：数据黄牛。所谓"数据黄牛"，就是利用数据做投机生意的人，他们把名人隐私数据卖给娱乐媒体，把个人医疗信息卖给贩卖器官的黑市，把员工职业信息卖给公司猎头。

数据黄牛把隐私数据贩卖给各种需要的人，他们把旅馆开房数据卖给抓奸侦探，侦探会直接把电话打给当事人的夫人："喂，您先生出轨了，需要抓奸吗？"芯城女青年遇到这样的骚扰电话，总是谨慎问："有数据吗？"对方说："没有。"这样才放心挂掉。

可见数据并非是一个好东西，芯城人的一生会被医疗机构变为一份很长的数据清单，如：射精1公升，输血25公升，收入150万，子女教育120万，保险500万，偷情128次，开房1234次……看着这些数据，你才知道人已经没了。数据黄牛虽然可恨，但数据黄牛之所以存在，只是因为芯城人太没有安全感，需要用数据让自己安心，哪怕是假数据。人类对直觉的自信逐步退化，像一台老式读卡器，卡片上都是：数据。

芯城健忘症

在芯城，新人类依然有疾病困扰。旧人类的绝症，诸如艾滋病和癌症，新人类的技术已经能轻松灭掉。得了癌症，医生只会摸摸你的背，说："乖，回去吃片药，明天就没事了。"芯城人最大比例的疾病居然是健忘症，在芯片可以无限存储记忆的今天，真的无法想象。

和旧人类健忘症的症状不同，我们并非由于脑子不太好用而导致。芯城医院对健忘症做出科学分析：器质性健忘和接触性健忘、选择性健忘，前者的比例在健忘症里低于1%。芯片基本可以替换人类大脑记忆系统，这样的毛病几乎绝迹。只有少量不相信科技的人，依然选择大脑记忆，有了飞机您还出门遛早儿呢，就是这个意思。接触性健忘顾名思义，旧人类喜欢说"接触性不良"，就是芯片与脑神经接口没"焊牢"，出现大量数据包丢失，这样的人容易出现健忘，世界如此精彩，你却呆萌不动。

关于最后选择性遗忘，芯城2040年出现户籍制度改革，政府每年为一些因为芯片损坏数据丢失的"特殊健忘患者"颁发"再生证明"。获得再生证明后，可以获得新的公民身份和姓名，法理上视为"与原有公民不同的法人主体"，旧有债务一次性清零，政府重申：再生证明只适用于"芯片物理性损坏的弱势人群"以及有特殊人生需要人群。对于后面一种需求一直都很庞大。"一种日子过烦了，想换一种人生继续"，可以理解。

思旧会（葬礼）

2046年，抗衰老基因技术已经可以使人类平均寿命延长到120岁左右，但新的生命供体尚未产生，死亡还是人类必须面对的。我们时代的技术已经可以把人脑记忆系统完全保存在芯片之内。只要让芯片保持电量，记忆可以长久清晰，除非必要数据损坏，人脑所有记忆都可以直接或者间接访问。

在芯城西北部有最大的思旧塔林，思旧塔林有1024座塔，每座塔高12米，9层，塔尖圆润，仿造印度塔林设计。塔身用12种语言印刻着"昨日的世界"，将死者记忆碎片拼贴为过去记忆的世界，并在思念里获得永生。塔尖可以转动，拥有涅槃寂静、轮回重生之含义。

将所有死亡的人的"记忆芯片"设置在塔林里面，每位死者只有很薄的一格插槽，里面装载一生的记忆碎片，记忆世界的完整和质量取决于生前人类记忆系统的质量，有的人记忆清晰如昨日，而有人破碎不堪。读取死去人的记忆来纪念他的仪式被称为"思旧会"，类似旧人类的葬礼，新人类不在乎躯体，更在乎记忆和精神。

思旧会采用躺卧，在头上连接设备线，让生者进入逝者的意识世界里的方式。芯片可以无限次访问，但因为很多逝者世界栩栩如生，以致生者生出无限留恋的依赖感，一旦芯片损坏，无法进入逝者世界，其造成的心理打击是毁灭性的。芯城每年因为无法访问亲人芯片而选择自杀的事件，多达5000例以上。生和死的边界因为记忆的保留而模糊不清，思旧塔里存放的不过是死者的"太虚幻境"，请勿过度留恋。